僅以此書獻給我的母親

# 目錄 CONTENTS

## 起始——1 家族拼圖 004



## 流轉——2 青春漂流 052

## 3 起落——繁華前塵 104



## 4 沉澱——楡情所往 158



## 後記

起始

# 家族拼圖

我常常都會有種莫名的恐懼，

晚上睡著之前，

腦袋瓜都在想怎麼樣可以逃離這個家？

# 不被期待的出生、不願遺忘的傷疤

我人生開口發出的第一個音，就是「爺」，
從此之後，
沒有人能夠取代我在「爺爺」心目中的位置，
我們像是彼此好幾世代的情人，深深愛著。

母親排行老六，上面哥哥姊姊們的小孩，也就是我的表哥、表姊們，都是由我的外公、外婆幫忙帶的。好不容易等到我的母親嫁到一個要跟公婆住在一起的家庭，外公、外婆想說終於可以休息了，我的姊姊就是由爺爺、奶奶帶大的。

生我之前，母親流掉過一胎，又懷上我時，她跟我父親的婚姻已經出現了問題，加上要面對生男孩子的壓力，本來想把我拿掉，但在那個年代，老一輩的人根本無法接受這樣子的事情，於是外公、外婆就對我的母親提議：「如果這胎是兒子，也許可以保住妳的婚姻，如果是女兒，我們幫妳帶。」

母親說，她生我的時候非常痛苦，整整兩天的時間，我就是不肯出來。無論是心理還是生理上，那種痛入骨髓的感覺，讓她在病床上安排好了自己接下來的人生，並狠下心做了很多的決定。外公、外婆來醫院看我的時候，在嬰兒房外，隔著一扇玻璃窗，我緩緩地睜開了眼，但是只睜開一隻眼，在外公的眼裡，這是外孫女在對他眨眼，外公立刻愛上了我。

外公、外婆一直最愛的，就是我大舅舅的兒子，我的一對雙胞胎表哥，生為長孫，理所當然備受疼愛，但是當我開口學說話時，因為「外公」不好發音，加上在外公的心裡，早就把我當作是「張家」的人，所以教我發「爺爺」和「婆婆」的音。我沒有辜負他們對我的愛，我人生開口發出的第一個音，就是「爺」，從此之後，沒有人能夠取代我在「爺爺」心目中的位置，我們像是彼此好幾世代的情人，深深愛著。

爺爺和婆婆的感情非常好，婆婆寵我的程度也絕對不輸給爺爺，從小我就很愛吃糖，剛要上幼稚園小班的時候，我怎麼都不肯上娃娃車，每天早上都要來個十八相送，因為我沒有辦法跟他們分開一分一秒。

婆婆為了哄我，可說是費盡心思。幼稚園小朋友上學時，左胸前名牌下都會掛著一條手帕，婆婆想到在手帕上縫一個口袋，加工過的手帕裡面，裝滿了各式各樣的糖果，婆婆特別交代我不能被老師發現。後來我會乖乖上娃娃車，並不是因為可以偷偷帶糖去幼稚園吃，而是因為婆婆說了「不能被老師發現」，她為了我做「不乖」的事情，那我一定要乖乖上學。我不明白，為什麼一個3歲的小孩，就可以有如此的感受？

從小，我就不是一個很好帶的孩子，半夜裡總是哭鬧不休，而且完全沒有辦法喝牛奶。奶瓶只要到嘴邊，我就會把臉撇到一旁，要是硬塞到我的嘴裡，我又會馬上吐出來。奶嘴我肯吃，奶瓶卻不吸，後來婆婆想，會不會是我不喜歡聞牛奶的味道？因為婆婆自己也討厭牛奶味，於是她每次幫我泡奶粉的時候，會在裡面加一小湯匙的咖啡粉，蓋過牛奶的味道。從此以後我真的乖乖地喝奶了。所以我是喝拿鐵長大的！直到現在，我最愛的飲料還是咖啡，我的冰箱裡也隨時都會有牛奶。雖然我比較愛喝黑咖啡，但偶爾把牛奶加進咖啡裡，總是可以讓我聯想到住在爺爺、婆婆家的時光——在板橋家裡，老舊的餐桌上，婆婆泡著牛奶的畫面，我永遠忘不了。

童年時，每年寒暑假我和姊姊都會住在板橋，爺爺每天早上會帶我上市場，問我今天想吃什麼？也會買我喜歡吃的零食。我從來沒有告訴過爺爺和婆婆，關於父親的偏心，我不想讓他們擔心，可是爺爺永遠都是買我喜歡吃的，就算是買了兩包一模一樣的糖果，如果我吃得比姊姊快，爺爺也會叫她分給我。跟姊姊玩跳棋，爺爺會幫我贏姊姊，書法的功課，小楷字都是爺爺幫我寫，每天餐桌上一桌的菜，也都是我愛吃的。

有一次學校教種豆芽菜，我用吃完水果糖的圓圓小鐵盒當容器，在裡面放了濕的棉花和綠豆，每天巴著看，等待發芽。好不容易等到冒出芽來，興奮得不得了，結果當天晚上就看到餐桌上，爺爺炒了好大一盤的豆芽菜，說今天吃小榆兒種的豆芽菜，叫我「快！『滑飯滑飯』」，直到現在，爺爺、婆婆的南京口音，都還會迴盪在我腦海。

也因為太常思念他們，有一次在公車上，想到了當年寒、暑假要轉三趟公車，從外雙溪到板橋爺爺、婆婆的家，父親會把我和姊姊送到西門町，爺爺再到西門町的站牌前等我們。就像王菲〈我願意〉的歌詞一樣，「思念是一種很玄的東西」……坐在公車裡，我彷彿聞到了當時天氣的味道，然後又忽然想到了那盤豆芽菜，那天吃的豆芽菜，根本不是我種的，爺爺做的一切，只是為了哄我開心。

長大後，常常在洗完澡要擦乾身體的時候，我會面對鏡子向右轉45度角，掂起腳來，看看左邊臀部在微笑線位置上的那塊疤。爺爺走後八年，婆婆也

意外在超市看到婆婆以前使用的老牌護膚品，令我懷念不已。

走了，這期間有一年我休學從美國回臺灣，在中泰賓館上了一年的班。星期六只上半天班，下班後，會直接去板橋陪婆婆住一晚，到星期天傍晚離開。

有一次跟婆婆聊天，我才知道臀部的那塊疤，是他們瞞了我15年的祕密，以前他們告訴我，那是種牛痘留下來的。小時候，爺爺一定要整晚抱著我搖啊搖的，我才不會哭，有一次他嘴裡叼著香菸，來不及彈菸灰，結果好長一條菸灰直接掉到我的臀部上，從此有了這個疤。婆婆當時說著說著笑了，而我聽著聽著，卻哭了……

爺爺和婆婆走的時候，我都在美國，沒有辦法拿到他們的遺物，我唯一擁有的，就是那一年，婆婆給了我一組，我母親從美國帶給她的修指甲工具。幾年前實在生鏽得太厲害，我不得不把它丟掉，幸好我一直記得婆婆身上的味道。而這個疤，就當作是爺爺留給我的遺物吧。

由左至右：姊姊、外婆、外公、我。

# 童年的滋味

除夕夜晚上，家裡一定會煮一隻雞，
等上貢完，就會把那隻雞切開來吃，
父親每一年都會把雞屁股夾給我，
邊夾還邊說，「這塊是最好的部位，給妳！」

當我4歲回到「鄭家」那一天，記得是在要吃中飯前到達的。我不太記得，是誰從外公、外婆家把我帶回家，還是外公、外婆親自把我送回鄭家？我也不記得那個家裡當時有誰？後來，聽說那天我死巴著紗窗門不放，就是不肯進門，我也不記得了。

不過我記得那天的中飯是水餃——看到家裡的女人都在廚房用手包水餃，再用手下水餃，等全家吃完了一桌的涼拌菜和水餃，各人再去盛一碗餃子湯喝，我好驚嚇！媽呀，餃子是用手抓過的，那鍋餃子湯不是很髒嗎？

曾經在書上看過一段話，「不快樂並不是狀況，而是你的想法，把你的狀況和想法分開，保持中立。」其實現在回想起來，那鍋餃子湯並不算髒，因為有高溫消毒過，起碼大部分的細菌都被殺死了。然而直到今日，我最不愛吃的食物還是水餃，但真的是因為「不愛吃」嗎？還是因為「鄭家」帶給我太多不快樂的回憶，讓我「不想吃」？

外雙溪的家是臺北故宮博物院的宿舍，爺爺當時是故宮博物院院長的秘書，凡是在故宮上班的員工，就可以申請住在宿舍裡。很少有人知道，當參觀完故宮要離開時，車子會往下坡的方向行駛，沿著道路的兩旁，會看見又高又大的龍柏樹，而樹的下方居然還藏著一排兩層樓高的房子，一戶連著一戶，共21戶。我們鄭家就住在第19戶（門牌19號）。

所有住在宿舍裡的小孩，都會由故宮的交通車接送上下學，而交通車停靠的地方，是在一個叉路口，離「1號」門牌再走一小段路的地方。交通車從故宮博物院發車，一路往下坡行駛，快到大馬路的紅綠燈之前，在右邊有一個籃球場旁的岔路，就是接送點。無論是上學或是放學，我和姊姊都要走滿長的一段路，才能回到19號的家。

這棟門牌19號的房子，是我自4歲回到鄭家一直到11歲出國前所住的「家」。

當時住在宿舍的家庭，幾乎都是「三代同堂」，白天家家戶戶的門都開著，只隔了一道紗窗門。放學的時段，剛好是媽媽奶奶們在外面話家常，或是一起摘菜梗子的時候，這也是我覺得最煩的時候！因為家教甚嚴，放學下了交通車，走一小段路後看到「1號」門牌，就要開始叫人，張媽媽、吳奶奶、沈奶奶……一路叫到18號。別家小孩叫不叫人沒關係，我們家可不行，要是被父親知道的話那可就糟了！也因此在那些鄰居長輩的眼裡，「鄭家」的孩子是最懂禮貌的。

但有時候，我就是不想經過那些奶奶媽媽們。在快走到1號之前，會看見一個階梯，往上爬，就是車子從博物院往下坡行駛的地方，我會爬上階梯，順著往故宮博物院的方向，氣喘呼呼地一直走，從樹縫中往下看，差不多快到的時候，又會看到另一個階梯，我再走下來，兩步路就到家了。我寧願辛苦一點，也不想遇到人、更不想應付那些奶奶、媽媽們。

有時候，如果我看到某一戶人家，隔著紗窗門的客廳桌上擺了我想吃的糖果，我就會一直流口水，後來乾脆開了紗窗門，把糖果偷出來。不論是鄰居發現東西不見，或是看到我擅闖民宅後向奶奶告狀，奶奶再向父親告狀，還是除了過年，幾乎是不會買糖果的家裡，突然被發現這些來路不明的糖，還是我舌頭上留下吃完糖果的色素顏色……結果當然就是被打一頓。

除夕夜晚上，因為要上貢，家裡一定會煮一隻雞，等上貢完，就會把那隻雞切開來吃，父親每一年都會把雞屁股夾給我，而且邊夾還邊說，「這塊是最好的部位，給妳！」

記得第一次要把那塊雞屁股放進嘴巴之前，我知道全家人都等著看我的反應，我也可以用餘光看到，當父親說「這塊是最好的部位」時，後母皺著眉頭瞪他一眼，加上平日父親的偏心，我知道那一定是「最不好」的部位，雖然很想哭，但我還是忍住眼淚吃下去，大過年的要是真哭出來就完了！不過說真的，雞屁股還不難吃……就這樣，每一年除夕夜餐桌上的雞屁股，都會落在我碗裡。

直到有一次在餐桌上，父親真的出手重了，先是用筷子打我，後來打到我的嘴角整個腫起來。自從父母離婚後，只要母親在臺灣，她都會在星期六的中午，接我跟姊姊去她那兒住一晚，嘴角被打腫的那個星期五晚上，臨睡前，父親忽然來到我床旁邊，溫柔地說：「明天不要告訴妳媽媽，是我打的，好不好？」

第二天見到母親，她當然會問，但因為有姊姊這個間諜在旁邊，我不敢說。眼看星期天傍晚，快要到父親來接我們回家的時候，心想，再不說就沒有時間了，我終於鼓起勇氣告訴母親，我的嘴是被爸爸打的。記得門鈴一響，母親去開門，在門口就一把搶走父親的公事包，把裡面裝著的學生作業紙全都撕碎，然後對他說：「你敢動我的小孩一根汗毛試試！這兩個孩子我以後都要帶走的！」

至今那個畫面仍歷歷在目。

那時，我小學四年級，在那之後直到六年級的春假跟母親去美國前，父親再也沒有打過我。

如果沒有記錯，他甚至沒有再跟我說過話了。

為了出書取材，我重新回到外雙溪，踏上童年時每天都會行經的路旁的階梯。

# 我的母親，張明玉

對我來說，母親從來不是像月亮一樣柔和，
而是像太陽光芒四射！
她高䠷漂亮、能幹、文筆好，
很會說故事也很會過日子。
我常在想，要是母親活在不同的世代，
她的命運會不會不一樣？

二〇二一年，臺灣的新冠肺炎疫情升級，在多數工作停擺、不便出門的狀況下，有固定運動習慣的我，養成了在家看YouTube運動影片跟著訓練的習慣。有一天跳著跳著，母親的面孔又浮現了……我不禁在心裡對她說：「媽媽妳看，我是不是很自律呢？其實我跟妳想的很不一樣吧……」

我來自於一個家教甚嚴、重男輕女、父親是獨子的保守家庭。據說當年父母離婚的原因之一，是因為我不是男孩，我的母親無法滿足夫家對傳宗接代的責任。當我長大懂得分辨是非後，我想父母婚姻無法維持下去的另一個原因，是否是因為我有一個極度沒有安全感的母親？我常在想，要是母親活在不同的世代，她的命運會不會不一樣？

跟母親住在美國的那幾年，每逢端午節，母親就會說「今天是兒子（母親對我的暱稱）的生日！」這導致我一直以為自己的生日是端午節。直到回臺灣進演藝圈之前去算命，才發現我的農曆生日是五月初七！咦，端午節不是五月初五嗎？打電話問了母親後，原來她是端午節那天進的醫院，但生了三天兩夜我才來到人世。她說：「生妳的時候真是辛苦，好幾天了妳就是不肯出來！」好不容易終於生出來了，胎盤卻還在裡面，醫生說要馬上剖腹把胎盤拿出來，但母親堅持不開刀——因為她生產完就要離婚，愛漂亮的她不想讓自己的肚皮上留一道疤痕。

跟我母親接觸過的人，也許都會認為她很強勢，但我認為她不是「強勢」而是「堅強」。母親把我和姊姊接到美國後，父親因經濟能力有限，無法支付贍養費，養育孩子的重擔落在她的肩上。當時母親在美國的工作，是中國時報跑藝文線的新聞記者，如果白天不用採訪，也要在下午三點前進報社寫稿。早上我和姊姊出門上學時，她通常都還在睡覺，而放學回家後，就會看到餐桌上留了字條，內容基本上是鍋子裡煮了什麼湯可以下麵條，或是冷凍庫的食物已經拿出來退冰。當時鍋子裡的湯，十次有九次都是大骨湯，因為在美國買大骨最便宜。

每個星期日，她不用進報社上班，如果碰到有新聞要採訪，也一定會讓我和姊姊跟著，結束後再一起去超市。姊姊14歲、我12歲時，她就訓練我們「女人一定要獨立」，她給的零用錢，是包括買所有的日用品，我和姊姊共

母親給人的印象，總是漂亮、能幹，就像太陽一樣明亮。

用的浴室裡，牙膏、衛生紙、洗髮精都有兩份，我和姊姊各自決定購買的品牌及價位。如果想買漂亮的衣服或化妝品這類「非必要物品」，就得靠自己打工賺錢。

在美國，未滿16歲是不可以打工的，但暑期工會有一些特例，像是單親媽媽一個人撫養孩子，可以申請讓孩子暑假去打工。她平時也會找臨時保姆或是去報社幫忙校對這類的工作，讓我們賺零用錢。也不知道為什麼，從小我看上的東西就是比較貴，所以很需要打工賺錢，即使我花掉所有賺來的錢，只為了買一件有品牌的衣服，她也不會說一句話。

小時候唱《母親像月亮》這首歌時，我都會自然而然地改成「母親像太陽」，對我來說，母親從來不是像月亮一樣柔和，而是像太陽光芒四射！她高䠷漂亮、能幹、文筆好，很會說故事也很會過日子，她對我們的課業從不要求，有一學期，我六科有四科不及格，可能會留級，我只記得她說：「妳那麼不會讀書，我讓妳去學一技之長好不好？」

在我14歲時，對髮型彩妝開始有了興趣，想起母親說要送我去學技術，我便提出以後想當髮型師，但卻遭到母親的極力反對，可能當時多數人會把「做頭髮」聯想到「洗頭小妹」，也可能這個工作需要長時間久站、接觸化學染燙藥品，她捨不得我吃苦，總之，我們的摩擦就是這樣開始的。

常常我覺得母親很開明，可以讓我很放心地對她傾訴，但她的反應跟處理方式，又往往出乎我的意料之外，讓人捉摸不定。就這樣，從小摩擦變成大摩擦，最後，甚至演變成好幾年都不說話。一個沒有安全感的人，往往做出來的事，甚至說出來的話，其實都不是它的原意。我們母女倆存在很多的心結，直到她臨終前，都沒有機會解開，就連她寫給我的遺囑，也只有冷冷的兩行字。

這樣沒有安全感卻又堅強的母親，教會了我獨立，是她的遺囑給了我勇氣去面對母女之間的心結，是她讓我意識到，當時的她，根本都還不到我現在這個歲數。在帶我和姊姊赴美前，有很長一段時間她不在我們身邊，她也在學習，努力扮演母親這個角色，想到這裡，我居然開始跟她對話了，是跨越時空、透過靈魂的對話。

她是那個因為生我而痛了三天兩夜的母親，怎麼可能不聽我說話？怎麼可能還在氣我？怎麼可能不關心我？又怎麼可能放心得下我？她一定是一直在天上看顧著我。

漸漸地，漸漸地我不再糾結。

雖然很多時候，都是知道了已晚，但我知道，在母親離開的八年後，我們終於和解了……

19歲那年，與母親、姊姊的合照。

# 父親與我

過年大掃除，姊姊不用做任何家務，
還可以跟同學去吃刨冰，
但我卻要幫著父親一起擦全家的磁磚地板，
父親會教我怎麼擦，
要跪在地上，一格一格仔細地擦……

童年我對父親的記憶，就是挨打！

過程大概是這樣的，可能我做了某些事惹惱他，他會先瞪我，然後我會嚇得淚水在眼眶裡打轉，這時，他就會說：「哭什麼哭！又不是家裡有人死了！」接下來，就是一頓打。長大後看到周圍的人教育小孩，不禁勾起自己小時候的回憶，那個時代誰家不打小孩？有時候我是真的該打，但有時候卻是無法言說的委屈……

爺爺跟父親的工作都需要書寫，逢年過節常有機會收到「筆」，只要家裡出現了不是常見的「利百代原子筆」以外的筆，我就會好奇忍不住想要拿來試一下，即便那是新的，沒用過的。試用的過程中，我又忍不住想要把它分屍，想看看筆蕊長得是什麼樣子，跟利百代原子筆有什麼不同？然後再把利百代原子筆也分屍，比較看看裡面的構造。如果是鋼筆，我更好奇，為了試鋼筆，還把家裡的日曆紙撕到兩個月後的日期，筆頭也都會被我弄凹。我明知道要是被父親發現了，下場一定很慘，但我就是忍不住，家裡的筆被我搞到幾乎沒有辦法復原，是我該打！

外雙溪有很多的樹跟花草植物，我太好奇草是什麼味道，有時候會拔草來嚐嚐看，如果不小心把鄰居辛苦種的花也連根拔起，那就糟糕了，該打！吃飯時吞不下去有葉子的菜，常常一半卡在喉嚨、一半還在嘴巴裡，飯桌上常聽到我發出「嘔嘔嘔」的聲音，眼淚都快流出來。可是不夾那道菜又不行，家裡的規矩是不能一直吃自己喜歡的菜，每一道菜都要夾，而且只能從靠盤子邊上的夾。挑食、不把飯吃完，該打！

童年被父親打是家常便飯，然而有很多時候，我覺得被打得莫名其妙。後母的媽媽去世的葬禮上，眾人一個個排隊，走到棺材旁向「外婆」道別，旁邊有一個攝影師負責拍照記錄。父親在整理洗出來的照片時，照片裡每個人都是淚流滿面的表情，只有我，是好奇地在看別人哭的樣子，這時，我心想，完了完了！果然不久後一雙眼睛馬上瞪過來，接下來就是那個「挨揍三部曲」，等著我的就是一頓打。放完寒、暑假，捨不得離開板橋的外公、外婆家，我都會忍不住哭得很傷心，但怎麼連傷心哭泣這件事也要被打！

當家裡臨時要到雜貨店買一瓶醬油這種時候，爸爸只叫我去，雖然要走很遠，我倒是不在乎，反而可以藉機出去透透氣。過年大掃除，姊姊不用做任何家務，還可以跟同學去吃刨冰，但我卻要幫著父親一起擦全家的磁磚地板，父親會教我怎麼擦，要跪在地上，一格一格仔細地擦，碰到擦不掉的，要用指甲去摳一摳，父親會跟我一起擦第一遍，我再用乾淨的水擦第二遍。

家裡的衣服也幾乎都是由我來曬，因為身高太矮搆不著竹竿，我需要搬一張椅子，站在上面才能曬好，碰到心裡極度不平衡的時候，我就會在衣服上吐口水，家裡每一個人都穿過我吐過口水的衣服。

我沒看過爸爸打我姊姊，反而還愛她愛得不得了！

晚餐後，全家在客廳裡看八點檔連續劇時，會邊吃點水果，爺爺固定躺在電視機旁的長沙發椅上，奶奶跟父親會坐在面對電視機的兩張單人靠背椅，中間有一個茶几，後方是上二樓的樓梯。長沙發椅的兩側各有一張單人的沙發椅，一張因為太靠近電視，不許坐，另一張後母坐，我則是坐在小板凳上。至於姊姊，一定是坐在父親的大腿上，而且還是面對面。

父親會餵姊姊吃水果，有時甚至會對我說，妳已經刷過牙了不能吃。住在天母的小姑姑經常來我們家，會待到看完八點檔再回去，如果她看到這一幕，就會幫我說話，說等吃完水果再刷一次就好啦！可能從小我就好強，父親不讓我吃，我就不吃，誰稀罕！

家裡規定九點時我和姊姊一定要上床睡覺，在八點檔連續劇一唱完片尾曲，跟爺爺、奶奶和爸媽道晚安後，我就會一個人上樓，但姊姊這時還坐在父親的大腿上。上樓梯時，如果往客廳的方向看，左下方會剛好看到姊姊的正臉，我心裡有一種說不出來的感覺……大概是既羨慕又忌妒她吧。

當時的我，常常都是流著眼淚睡著的。從小我的指甲都自己剪，制服的扣子掉了也是自己縫，而姊姊的指甲是父親剪的，有一次他不小心剪到了姊姊的肉，姊姊哭了，父親心疼得也一起哭。

這兩年，父親的身體不是很好，就在二〇二一年疫情爆發之前，小姑姑特別飛了一趟洛杉磯去探望父親，他們兄妹倆的感情一直很好。有一天，父親跟小姑姑坐在洛杉磯家中的客廳，父親突然摸不著頭緒地來了一句：「三個孩子裡，我最對不起的，就是家榆。」

# 媽媽的巧克力

我的零用錢是由「媽媽」給的，
每天一塊錢。
一塊錢可以在學校的福利社買到
一包小小的蘿蔔乾或是一張圖畫紙，
而我則會用那一塊錢排隊打公用電話，
打給板橋的外公、外婆……

幾年前看到一則新聞報導，當時查出一種紅色色素有致癌疑慮，因此M&M's巧克力取消了「紅色」並使用「橘色」代替，這讓我想到小時候，總是會用別種顏色的巧克力跟姊姊交換紅色的，並拿來塗在嘴唇上假裝是塗了口紅。

這則報導，讓我想起了我的後母。

父親第一次帶她來我們家見爺爺、奶奶的時候，小姑姑一家四口也來了，我記得很清楚，那天她穿了一身套裝，並買了M&M's巧克力給家裡的小孩當見面禮。哇塞！我最愛巧克力了，而且是M&M's，是外國的巧克力耶！我立刻喜歡上她。

我的後母，在我的童年時期，扮演了一個很重要的角色，也是在外雙溪的那個家裡，唯一讓我感到過一絲溫暖的人。當年我的母親千交代萬交代我和姊姊，一定要喊後母「媽媽」，這樣後母才會對我們好。雖然長大後越來越不了解後母這個人，好像叫不叫她「媽媽」也沒有什麼太大的差別，但畢竟還是這樣叫了四十幾年。

生母在美國舉行葬禮當天，我坐在車子裡跟父親談話，我問父親愛「媽媽」（後母）什麼？父親回答「她很安靜、不多話」……是的，「媽媽」就是這樣的一個人，不像我們山東人的家庭，每個人講話好像都用吼的。「媽媽」更不像我的母親這麼敏感，她最厲害的就是聽話可以一隻耳朵進、一隻耳朵出，有時候甚至讓人懷疑她到底有沒有在聽。當然，我也會想，如果當時嫁進來的，是一位像電視上演的那種會虐待小孩的後母，我今天會在哪裡？會成為什麼樣子的人？或許在很小的時候，就已經被人口販子拐走了？

「媽媽」嫁進我們家後，總是第一個起床的人，幫奶奶燒好一壺熱水、做好全家人的早餐、餵我和姊姊吃完魚肝油跟鈣片，她再上樓梳妝準備上班。「媽媽」是職業婦女，一直都在中華票券金融公司工作直到退休，沒錯，就是這種穩定性，讓人有一種安全感，她讓人沒有壓力，沒有威脅性，家裡的表哥表姊們都很喜歡她。

小時候，我的零用錢是由「媽媽」給的，每天一塊錢。一塊錢在那個年代，可以在學校的福利社買到一包小小的蘿蔔乾或是一張圖畫紙。每天中午在教室吃完便當後，都會規定睡午覺，如果提早吃完午餐可以先自由活動，這時有的同學會去操場上玩，有的會到福利社買零食吃，而我則會用那一塊錢排隊打公用電話，打給板橋的爺爺和婆婆（外公、外婆），電話通常都會馬上接通，因為爺爺知道是小榆兒打來了。

童年的生活，除了每天盼著寒暑假的到來，可以去板橋家住，其餘的時

間，我常常都會有種莫名的恐懼，晚上睡著之前，腦袋瓜都在想，怎麼樣可以逃離這個家？記得有一次在外雙溪的街上，我看到一張賣房子的傳單，上面大概是寫著一坪多少錢，我著急地跑回家，一股腦地說：「媽媽，我要把我的撲滿打破。」「媽媽」問為什麼？我說：「我要買房子搬出去住。」然後把傳單拿給她看。她笑問：「妳知道一坪是多大嗎？」我搖搖頭。她說：「妳現在在原地轉一圈，大概就是這麼大！」

整個家裡我最不怕的人就是「媽媽」，整個家我也只敢主動跟她講話，我更能明顯地感受到她喜歡我多過我姊姊。

從小我就很不會讀書，永遠都是考倒數第二名，聯絡簿和考試卷都只敢拿給「媽媽」簽，她看了頂多就是皺個眉頭、嘆個氣。晚餐通常都是由奶奶準備，「媽媽」負責洗碗，那時我一定都在她旁邊找話聊，或者是靜靜地和她待在一起。有一次，我發現她在流眼淚，後來才知道，爸爸有段時間在台視上班，是《星期劇院》的製作人，可能因為應酬多，「媽媽」不開心。

假日有時候爸媽會帶我和姊姊去西門町的來來百貨逛逛，或是去萬年樓下吃甜不辣，在公車上一定都是我跟「媽媽」坐，出門也永遠是爸爸牽著姊姊，「媽媽」牽著我。還有一次「媽媽」從外面回來，看見我一個人在家，爺爺在上班，奶奶應該是去打牌，等爸爸帶著姊姊從電視臺玩完回家，我第一次見到「媽媽」發脾氣，她大聲地對爸爸說：「你怎麼可以這麼偏心，每一次都把家榆一個人留在家裡！」

在我九歲那年，同父異母的弟弟出生後，一切都變得不一樣了。

弟弟好像是「神」一樣的存在，從鄰居到親戚，所有的目光都圍著他轉！家裡本來就沒有什麼人注意我，我也沒太在乎，但是在這個家裡，我最依賴的「媽媽」，當我等著跟她領取連王子麵都不夠買的一塊錢時，「媽媽」對我說：「妳是討債鬼嗎？」

當時對我而言，這樣的轉變就像是世界末日到了，但即使如此，我還是非常非常地感激她……

長大後，有時候我也會感慨，自己對後母比對生母還要好。對後母該盡的孝道我都盡了，該報的恩也都報完了，只為了感謝她嫁進來鄭家後，沒有虐待我，感謝在外雙溪那個家，她是唯一讓我有幾年時間可以呼吸、讓我感受到一絲溫暖的人。

11歲那年，要跟母親去美國的當天，因為捨不得板橋的爺爺、婆婆，我哭到停不下來，是「媽媽」哄我不哭的。她說：「美國有吃不完的巧克力唷！」

# 外公外婆的愛

我見證了相互寵愛的爺爺、婆婆，
更接收了他們滿溢出來的愛，
他們不只是溺愛我，他們更懂我。
謝謝他們給了我這麼多的愛，
讓我每一次快要接近墮落的邊緣，
可以馬上把自己拉回來。

爺爺、婆婆（外公、外婆）住在板橋的家，是那種兩層樓水泥地，紅色大門的房子。從樓下主臥室的窗戶往外看，剛好可以看到對街的雜貨店。爺爺在世的時候，每天都會去雜貨店找老闆娘張太太買一包長壽。有一次他回來晚了，我發現婆婆站在主臥室的窗口前，滿臉醋意地往窗外看，然後對我說：「小楡兒，去把妳爺爺叫回來，也不知道和張太太在聊什麼，聊得那麼開心。」

他們的感情真的很好，我從未見過他們對彼此大聲地說話。晚餐都是爺爺、婆婆一起在廚房準備，婆婆有時候吃飯嘴角會「帶便當」，爺爺故意不告訴婆婆，然後眼神中會露出一種充滿愛意的笑……他們彼此尊重，就像白天我會陪爺爺去廟裡燒香，但下午一定會看到婆婆在院子裡禱告。

有時候回想，我人生做得最對的一件事情，就是每個禮拜去陪婆婆住一晚的那一年。當時我15歲，在中泰賓館Kiss Disco的辦公室做秘書助理，是唯一從國外回來，不知天高地厚，卻朝九晚五在那裡上班的小朋友，我人緣好，公司上上下下的員工都知道我。星期六上半天班，我下班會直接去板橋陪婆婆這件事，幾乎全中泰賓館都知道——每逢星期五，就會有一位南京口音的老太太，打電話到中泰賓館，因為要轉分機號碼，但總機完全聽不懂婆婆在說什麼。我知道後就拜託總機，只要聽到這位老太太的聲音，請直接把電話轉給我。

之後的每個星期五，跟婆婆通電話，她第一句話一定是問小榆兒，妳明天來不來呀？在我的印象裡，那一年我應該沒超過三次沒去她那兒住一晚，但婆婆還是一定會每個星期五就打電話來問。寫到這裡，心真的好酸……爺爺走後，婆婆一定很孤單，很需要人陪。她會打電話還有另外一個原因，就是她好為我準備一鍋雞湯，一鍋我最愛裡面放了金華火腿的雞湯！

我的外婆與外公。

每個周末，在板橋那不到一天半的時間裡，常常看到婆婆以淚洗面，且時不時喃喃自語，為什麼爺爺走的前一晚，她忘記幫他洗腳⋯⋯。我想起小時候，只要是夏天，當爺爺從外面回來，婆婆就會拿出在冰庫裡早就準備好的毛巾，放在他頭上消暑。除了陪婆婆吃飯、洗碗、做家事，我也會跟婆婆一起洗澡。等她睡午覺的時候，我就會開始看從對面租書店租來的書，那一年，我看完了所有瓊瑤和楊小雲的小說。

板橋的家走出去沒兩步，就是很長一條街的菜市場，有時候婆婆會帶我去逛市場，買衣服跟進雜貨店買吃的。當時在雜貨店裡，玲瑯滿目的零食都是裝在大塑膠袋裡，要買多少用小碗自己裝，然後秤重量，婆婆會一直問我想吃什麼，恨不得把所有的零食都買給我，但我每次都只要「卡哩卡哩」，婆婆就會要老闆幫我裝上一大袋，上面還繫上一條紅色的塑膠圈。有時候在菜市場裡，會聽見有人問婆婆，妳的頭髮是不是都是孫女兒幫妳染的啊？的確，我的婆婆沒有白頭髮。

直到今天，我還是很喜歡逛傳統市場，買一塊金華火腿、買一包卡哩卡哩，然後莫名地，我可以感覺到爺爺用那隻長滿繭的手，緊握著我。聽母親說，當年大家發現爺爺身體出狀況的時候，是因為有一次，他忽然走到巷口，問「小偷兒怎麼還沒回來？」這才讓大家發現異狀。

我很慶幸自己這一生沒有誤入歧途，那都是因為我見證了相互寵愛的爺爺、婆婆，更接收了他們滿溢出來的愛，他們不只是溺愛我，他們更懂我。謝謝我的爺爺、婆婆，給了我這麼多的愛，讓我每一次快要接近墮落的邊緣，可以馬上把自己拉回來。但願真有來世，讓我可以再做一次爺爺、婆婆的外孫女。

拍《懷玉公主》時，我住在新店的「江坡華城」，有一位好朋友，我都叫她芳芳姊，也從和平東路的住處搬到新店的「大臺北華城」。那時候，我沒事就會去她家串門子，第一次開車上山去找芳芳姊，回家後的當天晚上，我竟然在睡夢中，見到了婆婆，並且很清楚地記得她對我說的話。

爺爺是一九八六年去世的，在那之後，我只有某一年暑假從美國回來玩，由大舅舅帶著我去上墳過一次。而婆婆一九九四年走後，因為當時我已經跟舅舅、姨媽們失聯，加上那段日子與母親在冷戰中，所以無法問到爺爺、婆婆的墳墓在哪裡。情急之下，哭著打電話告訴父親，我夢見了婆婆跟我說她缺錢，問父親該怎麼辦？父親說：「不要急，妳先去找一個燒紙錢的桶子，再去買香跟紙錢，在住家的陽臺上，擺好爺爺、婆婆的照片，點上香，告訴他們，妳是小榆兒、家在哪裡，然後再燒紙錢，請他們來拿。」

就這樣，之後每一年的清明節，不管我搬到哪兒，都會照著同樣的方法，燒紙錢給他們。一直到了二〇一三年的三月，母親在美國去世，透過臉書，跟紐約的表妹聯繫上，她雖然也不知道爺爺、婆婆的墳墓在哪兒，但答應會幫我打聽看看。就這樣兜兜轉轉，最後趕上在清明節之前，聯繫上了我的雙胞胎表哥，也就是大舅舅的兒子，終於得到了答案。

那一年清明節，跟著雙胞胎表哥「第二次」要上墳祭拜爺爺、婆婆時，那天我的心情很複雜……正當我琢磨著，要怎麼跟爺爺、婆婆說「媽媽走了、媽媽是在美國離開的」，卻突然發現，我，就站在「大臺北華城」的山下！

流轉

# 青春漂流

一旦付完房租，我就只剩幾萬元，

任何人聽了可能都會勸我不要那麼衝動，

但那時候的我，其實剩下的只有勇敢……

# 我的銷售天份

對於上班族固定一個人來用餐的，
我就不會太積極推銷，
因為我知道這樣很容易給人壓力。
但如果一桌超過兩個人、
是家庭或是一男一女的組合，
我一定賣得出去！

有一次回洛杉磯，在愛馬仕購買了一個皮包，要結帳的時候，我跟店員要了一管我唯一愛的木質香味的愛馬仕香水試用品，因為在旅途中我的香水打破了。結果店員抓了一把試用品給我，我說不需要那麼多，他回答，「沒有關係，這個味道是我們最冷門的，要多少我都可以給妳！」這讓我想到曾經在「雙聖美式餐廳」打工時，我最愛的口味的冰淇淋也是賣得最不好。

15歲從芝加哥回來臺灣的那一年，我知道無法依靠父親，於是翻開報紙想要找工作。聽說當時有很多月薪很高的工作，其實是騙人的，我很膽小，怕會被騙去賣掉；一眼看見了敦化北路上的雙聖在徵服務生，就決定去應徵，由於我會說英文，所以很快就被錄取了。在美國跟母親住在一房一廳的公寓時，剛好對街就是一間雙聖，那是我和一幫哥兒們翹課時最常耗的地方。

我不記得當時的薪水是多少，但讓我印象深刻的是，每次薪水袋裡都會附上十球免費冰淇淋的優惠券。雙聖的芋頭口味真是無法形容的好吃，而店長每次都說我可以挖多一點，因為芋頭是那家店最冷門的口味……。

有一次開會，店長說雙聖在未來的一個月要推出USDA Choice的牛排，每賣出一份，員工就可以抽5％。當時中午時段的生意比較好，加上大多數的客人都是進來吃一份三明治或是冰淇淋，而牛排又是菜單裡頭最貴的，要賣出一份牛排是相當不容易的。每個服務生每天輪班的區塊都不同，附近有很多的商業大樓，常常都會有外國顧客想要坐在固定的位置，好比B區。如果服務生看到自己今天輪到B區，會特別興奮，因為小費多。當時我不但是小費拿最多的一位服務生，也是全臺灣雙聖賣牛排賣得最好的一位，沒有人教我，我不知道哪裡來的慧根。我從來都不知道自己的強項原來是推銷。

我好像天生有一種「能感受到別人感受」的能力。對於上班族固定一個人來用餐的，我就不會太積極推銷，因為我知道這樣很容易給人壓力。但如果一桌超過兩個人、是家庭或是一男一女的組合，我一定賣得出去！超過兩個人，可以分著吃；一家人如果有小孩的，母親要幫小孩子切肉會比較方便。而一男一女，我多數可以猜得到他們的關係，或是這位男性對這女伴有沒有意思，如果有，他一定不想要在女生面前表現得斤斤計較，所以多半也會點一份牛排來試試。

一個月賣牛排的活動結束後，要領薪水時，我的新資袋厚了許多，我憑著三寸不爛之舌賣掉了32客牛排，而銷售第二名的服務生，只賣了3客！雖然沒過多久，我就被來吃飯的中泰賓館老闆挖角去做助理秘書，但回到美國後到進演藝圈之前，我做最久也最有成就感的工作就是銷售員。

為了拿到高中文憑，我申請去讀夜校的成人進修班，所以只能暫時找一份朝九晚五的工作。要搬離母親和她先生的家，就只能選擇窮，在洛杉磯沒有車等於沒有腳，我沒錢買車，所以必須配合姊姊上班的時間，在他公司的附近找一份工作。雖然在貸款公司做接線生做得得心應手，也認識了我的第一任男朋友，但當附近有一間連鎖服飾店要開幕時，我想去試試。

九〇年代，服飾品牌Ann Taylor（簡稱AT）在全美國有兩百多間門市，是屬於中價位偏向上班族的衣服。所有的銷售員在當時規定只能穿裙子，我對自己的腿很沒有自信，所以去應徵的時候穿了一條比較正式的褲子。AT的總公司在紐約，但去應徵的人不需要經過紐約的上層，只要應徵的這間店，店經理覺得你能勝任就可以了。我會被錄取，除了自己一直很有工作運之外，我想附近有三分之一的人口都是住著有錢的中國人，我會說中文，也是原因之一。

從開幕到離職，我是唯一在店裡工作了兩年多的東方人。AT給了我很多美好的回憶，當時被錄取的第一批員工，大家的感情都非常要好。第一個去吃午餐的人，會順便幫大家點餐，我們每天都吃不一樣的速食店，而吃港式炒麵、炒飯是我帶動起來的。在那裡，也讓我見識到了什麼是「顧客第一」。

常常有很多不知降價了幾次的衣服，顧客會要求店員幫忙查詢別間店有沒有她的尺寸，當然也可以選擇騙顧客說全美國都沒有了，但我通常還是會不辭勞苦地幫客人一間一間地打電話問。全美國兩百多間店，有時候花的電話錢可能都比那件衣服還貴！我常收到外國客人送我的小禮物，因為我幫她找到了她的尺寸，即便是一包小餅乾。別的銷售員可能會認為花在打電話的時間裡，可能不知道已經賣出了多少東西，但我卻認為，如果我幫客人找到了可以「配成一套」的衣服，他會開心，我也會很有成就感。

如果店裡分別來了「不會說英文」的三個族群：中國人、日本人、韓國人，任何銷售員上前說"May I help you?"韓國人跟中國人通常不會理你，但日本人會用日文回覆你，即便你聽不懂，也搞不清楚他為什麼要用日文回覆。我從來都沒有野心大到想要去搶中國人的生意，我也常遇到兩個一起在逛街說中文的太太，會在我面前談論我，其中一人說：「這個女生好漂亮，不知道是哪裡人？」另外一個會猜我是日本人、韓國人還是香港人……就是沒猜臺灣人。等她們談論完，我才會開口說我是從臺灣來的，這樣聊下來她們最後也都會成為我的常客。

AT的底薪雖然沒有很高，但業績好時，甚至佣金拿得都比底薪高。店裡的平均價位都在一百美元左右，但要賣出「兩樣」東西以上並超過一百五十美元的消費金額，才可以抽成。也就是說，如果這件衣服定價一百四十九．九九美元甚至是兩百美元，而客人怎麼樣都不願意再多買一樣，包括配件這樣的小東西，就沒有佣金可以抽。九〇年代的電腦作業可能還沒有像現在那麼先進，每個銷售員都會有一組屬於自己的號碼，統計的方式是由店經理從發票上看號碼來分類，好比今天值班的有四位，那麼店經理就會分成四組，計算後再交到總公司。

只有刷卡的客人在發票上會有客戶資料，但現金是不會有任何記錄的，換言之，如果一個客人「刷卡」買了一百四十九．九九美元，但另一個客人花「現金」十五．九九美元買了一副耳環，那麼耳環的發票上就不會有記錄。這讓我想到一個方法並大膽地去問店經理，可不可以把這兩張發票釘在一起，當作是同一個人買的？因為的確也會有客人採取一部分現金支付，一部分會刷卡。雖然發票上面會有結帳時間，但實際上總公司並不會管那麼多。店經理聽完後，回覆我“I don't see why not.”。就這樣，我把這個方法分享給店裡的每一位銷售員，有錢大家賺，包括永遠是銷售冠軍的希臘女生

Angelica。

有一次，總公司的人剛好要來洛杉磯勘查，特地到我們店裡見我和Angelica。因為連續幾個月，全美兩百多家分店，Angelica是銷售業績第一名，而我是第三名，業績前三名就有兩名在我們的店，不只是店經理，包括倉庫所有的人加起來大概有八個員工，我們抱在一起激動得都快哭了。

那個畫面讓我至今都難以忘懷，我跟Angelica到現在都還有透過臉書聯絡。她還在做銷售，而我，已經不知道換了多少個工作。

# 化妝品銷售工作的歷練

銷售員這份工作，讓我認識了形形色色的人，
讓沒有學過表演的我，能在看劇本的時候，
透過想到顧客的故事，
藉此對每一個劇中人物有不同的理解。

以前在美國，能夠在化妝品專櫃賣化妝品，好像是每一個銷售女孩的夢想，就好像年輕的時候很多女孩都夢想要當空中小姐。同樣是穿制服，空姐頭髮過肩就要盤起來，劉海不能過長，畫上精緻的妝容，每個人都要看起來乾淨俐落，甚至會顯得有點驕傲。

因為一些原因，我在辭去AT的工作後，先在房地產公證公司做了一段時間。後來知道美國有兩家百貨公司要合併成一家，需要大量應徵化妝品專櫃的銷售人員，我心懷期盼地寄出了履歷表，當我很快收到通知得知可以去面試，心想一定不可能被錄取！

到了百貨公司面試的樓層，才搞清楚原來那只是第一關，百貨公司的主管跟面試者聊完後，如果通過第一關，主管會依你的外型樣貌和呈現的氣質，決定分配到哪個品牌。第二關再由化妝品的品牌主管面試。所有坐在面試門外椅子上等待的人包括我，心裡都一定希望能夠分配到三大品牌：蘭蔻、倩碧、雅詩蘭黛。唯有這三大品牌逢年過節推出的贈品是最多的，也是生意最好的。蘭蔻喜歡用深髮、褐色眼睛、看起來有女人味的；雅詩蘭黛喜歡用年長、有親和力的；而我被歸到倩碧，應該是看起來妝容乾淨、年輕吧？

第二關面試的時候，當倩碧的主管問我：「你為什麼認為你能夠成為一個好的銷售員？」我其實對於面試沒有任何的準備，我身邊也沒有認識的人在化妝品專櫃工作。我很直覺地做了這樣子的回答：「雖然我沒有賣化妝品的經驗，但我在AT做了兩年多，是銷售前三名。每一季都會有衣服流行的色彩，我會觀察每一個走進來的客人，如果他穿了一身桃紅色的衣服，我不會推銷暗色系的衣服，即便是這一季的主打。同樣的，我也會觀察來買化妝品的客人，我不會盲目的推銷流行，而是會選擇適合客人的。」

進演藝圈後，去百貨公司買化妝品，我會很好奇地跟銷售員聊天，詢問她們被錄取後，都是接受怎麼樣的培訓？當時在美國所有被錄取的化妝品銷售員，要連續三個月到市中心五星級的四季酒店進行培訓，供應的午餐和下午茶也是四季酒店的自助餐，非常豪華。除了有彩妝老師指導如何卸妝、各種人種的膚色化妝技巧和銷售課程訓練，其中，最重要的是在聖誕節檔期要怎麼賣，讓客人不會退貨。因為很多客人在節日買東西，是為了拿贈品。雖然真的到了聖誕節的那一天，就跟所有的周年慶盛況一樣，人滿為患，累得雙腿快斷了，根本沒有精力去思考要怎麼賣。

在倩碧工作的那一年多時間裡，跟服飾店最大的不同，是要如何把一支口紅十二．九九美元的消費，變成九十九．九九的業績，人人都買得起口紅，但如何讓顧客最後帶走五樣東西又不退貨，才是最厲害的。通常我會先詢問顧客，都是拿什麼來卸口紅？這樣一來就打開了話匣子，如果客人沒有在趕時間，通常就會繼續跟你聊下去，最後，她可能會把心事都對妳說出來，就好像我們去做臉做SPA時，常常會對美容師無所不聊。

對專櫃銷售人員來說，碰到最頭痛的客人，就是她要妳幫她畫個妝，可是到最後卻什麼都不買，這種單純就是只想來畫免費的妝，真的會讓人很無奈。在永遠都是顧客第一的美國，我就碰過一個客人，粉餅已經用到快沒了，說她敏感要來退貨，實在讓我啞口無言，但還是要退給顧客。

身為一個銷售員，每當遇到盤點存貨和有消費贈品時是最辛苦的，碰到重要節慶，那更是沒有辦法請假的。但這世界上沒有什麼工作是不辛苦的，年輕的時候因為銷售員這份工作，讓我認識了形形色色的人，這也許都是上天的安排，讓沒有學過表演的我，能在看劇本的時候，透過想到顧客的故事，藉此對每一個劇中人物有不同的理解。

回顧我的人生，覺得自己應該天生就是做銷售這塊的料，可是卻誤打誤撞進了演藝圈，好像冥冥之中，都是安排好的。

# 男朋友

我們像觸電般地對上了眼，
他迎面向我走來，那一幕，
像極了電影上的情節，而且要慢動作，
我認定了他就是我的命中注定。

你的周圍是否也有些女性朋友，覺得愛情不應該是平淡無奇？而是瓊瑤小說看太多，非要找一個「死去活來、轟轟烈烈、刻骨銘心」的愛情？其實光是這12個字就已經有答案了，又是「死」又是「轟」又是「刻」，簡直是棺材、炸彈、刀子，這怎麼會有好的結果！但是很多女性還是甘願走這一遭。我不會覺得她們傻，因為畢竟，我們都年輕過，而愛情，是沒有邏輯的。

Ken是我在做接線生時認識的男朋友，我們差八歲。他牡羊座，我雙子座，其實個性是非常合拍。所謂不打不相識，當時在貸款公司他是頂尖業務，往來的都是日本客戶，工作一天下來，大概有一半的時間我都在接他客戶打來的電話。日本人的姓氏很長，對我來說甚至相似，所以在拼音上要特別小心。貸款仲介常常都要外出接洽業務，不在辦公室，公司的留言本長得像「二聯式複寫收據」，上面一張給業務，下面一張我存檔。每當業務們外出回來，就會來我桌子上的留言櫃拿留言單。常常Ken都會拿到厚厚一疊。

有一天他從外面見完客戶回來，經過了我的辦公桌，拿走了一疊留言單，進辦公室後不到1分鐘又氣沖沖地跑出來對我大聲說，我把他某個客戶的姓氏拼錯了。自認為很能幹的我，立刻跟他吵起來：「你這個客戶幾乎天天打來，我有那麼多的電話要接，拼錯一兩個英文字母，難道你就搞不清楚是誰了嗎？」這下好了，沒想到他被我這一副不甘示弱的樣子給吸引住，從此喜歡上我。跟他在一起的那段時間，一定也有甜蜜的回憶，好比為了不讓同事們發現「辦公室戀情」他會提議用數字代替「我想你」之類的話，他發明了「2280」這組代號，我問為什麼？他說我叫Carol Cheng，首字母是CC。C在電話上的數字是「2」而「80」則像「XO」（親親與抱抱的意思）。

就這樣，之後隔三岔五，都會看到放在我桌面上的月曆，寫著「2280」。後來慢慢公司的人也都知道了，幾乎都是發出贊同的聲音，唯有一兩個，會警告他：「嘿！Carol才18歲，又年輕又漂亮，很危險！」我們在一起的生活就跟「多數」談戀愛的人沒有兩樣，吃飯、看電影，偶爾去度個假，聖誕節跟他的家族聚餐，跨年一起參加公司的派對。他是菲律賓華僑，父母都在菲律賓，母親還特別飛來美國，並打了條金鏈子給我，認定我就是他們家未來的「長媳婦」。我跟他妹妹的感情也很好，現在回想起來，如果我當時嫁給了Ken，其實應該是會平平凡凡過完我的一生。可是當時的我畢竟不到20歲，從小又愛看瓊瑤的小說，愛情難道就只是這樣嗎？

我跟Ken從未大吵，幾乎都是小吵，而這些小吵都是我先生氣的。比方說，冬天看完電影，幾乎已是凌晨，跑到停車場進了車子裡，我會一直喊冷，可是他就是不開暖氣，他覺得車子剛發動後還不夠熱，如果太快開暖氣會影響車子的壽命。他從來不送我花，也不送我玩具熊（我的最愛），年輕時候的我，從來都不會撒嬌，暗示幾次後他還是不送，我就會憋在心裡生悶氣。他會幫我付當時上夜間學校買書的錢，我的第一輛車也是他在二手汽車雜誌上買的，雖然車門要使出吃奶的力氣才關的起來，但他檢查過引擎，都是安全的，能代步最重要。

直到有一天，我的電話接到一半，忽然有一個長得像卡通《小甜甜》主角陶斯那樣的男子，走進來說跟老闆有約。他穿了一件皮夾克，頭髮蓬鬆，帶了一隻耳環。我完完全全被這樣的外型給吸引住。不知道為什麼，當他坐在我面前等候老闆時，我覺得他對我有意思，因為我們的兩眼有那麼1秒鐘，像觸電般，就像上小學時，班上的某個男生跟你對上眼時，你就是知道你們是否喜歡彼此。等他進了老闆的辦公室，我幾乎是魂不守舍，我害怕突然有十通電話打進來，他出來的時候，我會忙到沒有辦法多看他一眼。終於他走了出來，我的潛意識希望他跟我說話，打聲招呼說再見也好，但他靦腆的樣子跟剛走進來的態度完全不同，讓我更確定他喜歡我，就像小學班上的男生喜歡你，不敢直視你，更加地讓我心跳加速！

他走了之後，老闆特別交代我，這幾天要注意一封快遞，是由剛剛那位男子寄來的。幾天後，這個人又突然出現在我面前，他親自送上文件，一疊用快遞寄來就好的文件。如果老闆沒有特別交代，我會不以為意，果然，他是為了來看我的！他是David，跟他出去吃飯的那一晚，Ken剛好出差，那是我們交往後他第一次出差。我催眠自己，其實跟David就是跟普通朋友吃個飯，不算是背叛男友。我人生中第一次的燭光晚餐就是David帶我去的，飯吃到一半有人來賣花，他毫不猶豫地買了送給我，我們坐在靠窗的位置，聊著天，欣賞著山上的夜景，桌上的鮮花，好酒加美食，真的很難不醉，我沉浸在那夢幻般的感覺裡。送我回家之前，在車上，他吻了我。

回到家後，我沒有辦法停止懷念整晚的氣氛，就算那個吻「並不合」也無所謂。我等不及Ken趕快出差回來，我覺得自己安全一點。我這輩子真的不記得有騙過人，之後跟Ken在一起的日子，我就是覺得渾身不對勁，我就是覺得自己做錯了事，我就是覺得應該要坦白的告訴Ken。長大後每當回想起這一段，其實David從那晚之後就再也沒有打給我，我是不是大可不必告訴Ken？可是我終於還是對Ken坦白了。我求他原諒我，但他頭也不回地就走了……

一年後的某個晚上，在夜店裡，我遠遠看見一個長得很像David的人，我們中間隔了十幾個人，他一眼瞥見我，就像第一次他進辦公室那樣，我們像觸電般地對上了眼，他迎面向我走來，那一幕，像極了電影上的情節，而且要慢動作，我認定了他就是我的命中注定，之後我們開始正式約會。

原來這世上有很多的男人，一輩子都希望證實自己是有人愛的。

跟David在一起沒多久，我就嗅到了不對，女人對於男人出軌的直覺真的很恐怖。他被我一而再在而三抓到，但他是屬於打死不承認型，自認為能幹的我（又來了）就是有辦法找到證據，讓他啞口無言。怪只怪自己年輕時太心軟也太虛榮，到最後我還是會臣服於他的甜言蜜語，鮮花跟禮物。我會知道名牌，我會懂得品嚐高級的食物，都是因為David，從香奈兒到卡地亞，從魚翅到魚子醬，都是因為他，我才知道世界上有這些東西。後來人生中再認識其他的男人，我才發現其實David不能稱得上是「大方」的男人，帶我去享受最高級的餐廳，是因為他自己愛享受，而送我名牌禮物只是為了懇求我的原諒。他從頭到腳的行頭比買給我的，都還貴上好幾倍。

回頭想想，如果David從來沒有背叛我，我會選擇David還是Ken？我想其實還是David，他是處女座，真的很細心，對我也很體貼。雖然到最後他周圍的朋友、家人都告訴我，沒看過他這麼愛一個女人，我也能感受到他離不開我，但他還是改不了偷吃的習慣。我們彼此經歷過了最激烈的分手方

式，我想離開，他想挽留，一次又一次地彼此傷害，我早已分不清楚自己喜歡的，是他這個人還是他的禮物？

慶幸自己從小家教甚嚴，也算是從知識份子家庭出來的小孩，讓我意識到，和David的關係，是一種惡性循環，只會讓我漸漸地看輕自己，也越來越不快樂。就算送我這世界上再貴的東西，我也會覺得沒有價值。當我真的經歷過了「死去活來、轟轟烈烈、刻骨銘心」，到最後，只剩下遍體鱗傷。而離開他的唯一辦法，就只有離開美國。

# 我只剩下勇敢

一旦房租的錢繳了下去，
我就只有不到五萬元在身上了。
任何人聽了，可能都會勸我不要那麼衝動，
但是他們卻不知道，
那時候的我，其實剩下的只有勇敢……

一九九四年因為情傷，我帶了一個箱子回來臺灣散心，原想只是換個環境住一段時間，有一天我還是會再回到美國，沒想到這一住就是二十七年。

剛回來的時候，我住在外雙溪的家，板橋的爺爺、婆婆都已經過世。住在外雙溪的頭一個月，天天跑出去玩，當時出去玩的朋友，都是在中泰賓館Kiss工作那一年認識的，然後再介紹他們的朋友給我認識，就這樣認識了越來越多的人。其中有一對夫妻，在統領百貨後面開了一間CD行，店門一開，我就會準時報到，常常一待就是一整天。

有一天太太Lily說，對面Esprit正後方（現在的Mango）蓋了一棟五層樓高，全新、中央空調、包水電的小套房，她約了仲介去看房子，要我陪著一起去。其實，我在外雙溪一直住得很不自在，想要搬出來，剛回臺灣的時候，也有從報紙上的分類廣告版圈出了幾間租屋去看過，但屋況都讓我覺得很恐怖，加上能力有限，所以也沒有很積極的在找房子。

跟Lily去到那裡，整棟樓都還沒有任何人住，一層四戶，每戶七坪。一進到屋裡，浴室在左邊，以七坪的空間來講，浴室的比例算大，有澡缸，我喜歡！再走進去會看到一個訂製好的衣櫥，連著衣櫥旁有一張可以拉出來兩節的桌子，下面可以放個小冰箱，上面還擺了一個附送的電磁爐。另一面牆的正中央，釘了一塊可以置物的板子。沒有床，有一個落地窗，落地窗外有一個陽臺，陽臺有洗水槽，也有可以關起來的窗戶。我一看了就好滿意，決定把它租下來！

七坪大的房子月租一萬五，要先付三個月的房租再加上一個月的押金，而我只帶了換算成臺幣差不多有十萬的美金回臺。也就是說，一旦房租的錢繳了下去，我就只有不到五萬元在身上了。任何人聽了，可能都會勸我不要那麼衝動，但是他們卻不知道，那時候的我，其實剩下的只有勇敢……

對於「佈置」我是沒有辦法馬虎的。

搬進了七坪大的套房後，先是找了一家賣地毯的，請他們來套房量尺寸，除了玄關，我把套房全部鋪上了地毯，接著買了一個床墊，直接放在地板上。我還買了一雙筷子、一副刀叉、一個湯匙，一個碗再加一個盤子，又買了一個可以放在電磁爐上煮東西的小鍋。在陽臺水槽的上方，釘了一個鐵架，將洗好的碗筷放在架上。從衣櫥裡拿出一層夾板，隨便找了個紙箱，買了一塊布，往箱子上一鋪，上面再放上夾板，準備之後賺了錢可以買臺電視機來放。

十六歲後在美國都是跟姊姊合租，這是我生平第一次有了自己的窩，當全部都佈置完，已經不能只用興奮兩個字來形容！而是心裡有一種莫名的感動和「滿足」。幾天後，我馬上去住家附近的「格蘭英語」找工作，雖然在美國住了12年，但書一直沒有讀好，我的英文會話沒問題，但文法很爛，格蘭沒有辦法提供我很多堂課，這樣賺的錢並不夠付房租！

自己這一生都很有貴人運，當時課堂上有一個高中生，她希望我能夠當她的家教，平日她還是會來格蘭上課。因為她想出國留學，希望假日時我去她家跟她使用英語對話，就這樣，在格蘭兼職加上週末早上的家教，當時賺的錢，足夠付我的房租跟伙食費。

住在忠孝東路上唯一的壞處就是，常常有朋友經過，看到我的燈還亮著，就會在下面喊我的名字，把我叫出去玩。有一天晚上喝多了，回到家裡睡不著覺，翻來覆去開始胡思亂想，這樣下去也不是辦法。

從小我就喜歡好東西，教英文既不是我的興趣，也賺不了什麼錢，衝動之下又簽了一年的租約。可能是酒精作祟，覺得很慌，很空虛。天色已亮，我坐起身來，看向天空，莫名地，有一種力量牽引我往地毯上「啪」地一跪，很矯情卻又很誠實——我聽見自己大聲嘶吼，「主啊，我好迷茫，我的人生該怎麼走，該往哪裡去，我嚎啕大哭，我懇求主指引我的路，賜給我一個方向……」我們全家都是基督徒，也都受過洗，但因為我生下來就被抱到外公外婆家，所以我是唯一沒有受洗的。小時候就只有在聖誕節跟父母（後母）去過幾次教會，長大既沒有禱告也沒有去教會的習慣，但就在那個晚上，我真的不知道，除了主耶穌，這世上我還可以依靠誰？還可以求得誰的幫助？

八〇年代的Kiss常常辦演唱會，在中泰賓館工作的那一年認識了些唱片界的朋友，其中滾石員工有一位叫利亞的女孩，在我剛回來臺灣的時候，曾帶我去試鏡過一個平面廣告，當時賺了六千元，後來臺北之音有一個開幕酒會，利亞想帶我去認識一些人，那天碰到了李祐寧導演，他剛辭去金馬獎主席，拿到了輔導金，正在籌備一部電影。一眼看到我，覺得形象不錯，讓利亞帶我去試鏡。我從300多個試鏡的人（包括舒淇）中，脫穎而出。

那天我選了件寬鬆的上衣搭配一條牛仔褲，一頭長髮，戴了一個頭箍，很輕鬆地到達試鏡的現場。等叫到我的名字走進房間後，看到一排像是評審的人坐在那兒，我開始緊張……從小連拍照臉頰都會顫抖，要對著離我那麼近的攝影機，還要馬上「背」出一段臺詞，對我來說何止是難，根本是酷刑！

成為「明星」從來都不是我的夢，沒有期望也就不會失望。我勉強地把臺詞說完，至少對於這個機會我有盡到責任。我想都沒有想到，有那麼多的人試鏡，為什麼會選中我！除了導演覺得我非常上鏡以外，他跟利亞說，當我踏進房間的那扇門，像是一道陽光走了進來。

# 我忙著探索世界，就會忽略人性

在演藝圈，
光是能幹、準時、負責任、努力，是沒有用的。
你更需要的是懂得人情世故，高EQ、臉皮厚，
甚至還要見人說人話，見鬼說鬼話，
會做人比會演戲更重要！

我的處女作殺青回到臺北後，租約也差不多要到期，其實我是可以選擇再回到美國的，那邊的公證公司老闆說了，大門永遠為我開著。16歲出社會後，我做過餐廳的服務生、貸款公司的接線生、房地產公證公司的PR、化妝品專櫃、服飾店店員等，我都得到老闆的賞識。我負責，我學習能力強。怎麼就在這表演上我可以那麼笨呢？！有一點不甘心！利亞說：「妳以為女主角那麼好當嗎？妳都已經二十五歲了，《流浪舞台》選中妳只是妳運氣好，妳可要想清楚。」

人的一生有時候是沒有時間讓你去思考的。

朱延平導演隨即又跟我簽了兩部電影，還拿了一卷錄影帶要我帶回家看，揣摩劇中的角色，卻不知道其實我家是沒有電視的。幾天後，朱導打電話來問我影片看了沒？我吱吱唔唔說出了還沒有買電視的事，朱導一問之下才知道，原來演《流浪舞台》賺的十萬元，利亞抽走了四萬，剩下的繳了房租後，加上在高雄天天被罵，一沒我的戲份就一個人去漢神百貨吃大餐犒賞自己。雖然周圍的人都替我抱不平，利亞自己都還在滾石工作，也沒為我做什麼，為什麼要讓她抽那麼多？

可是朱導的一句「唉，算了！就當妳是在『花錢』學表演，何況妳還賺了錢呢」！我都不敢告訴他，早在朱導要簽我一年拍兩部電影時，利亞就說服我簽經紀約，四六分帳，一簽就是五年。朱導二話不說，先把部分的片酬暫借給我。兩部電影拍完後，這時家裡的電視也有了，經紀約也簽了，我回了一趟美國，處理一些事。看來，在臺灣至少要再住個五年吧！

我屬豬，被罵過豬，也真的很像一隻豬！我從來都沒有什麼雄心大志，曾經有人說過，我這種人最適合做私人秘書，老闆交代的事，我一定做到讓老闆滿意，其他的我都不會，也最好不要叫我管。以前有一任男朋友就說過，他賺的錢都歸我管，我說千萬不要，並不是擔心自己會把他的錢花光，而是怕自己不敢花。轉入電視圈後雖說也是一路順遂，一部戲還沒有拍完，就有另一部戲的邀約，拍完《懷玉公主》後，我大概都維持在一年兩部，一部在大陸，一部在臺灣。只有感到自己的身體負荷不了不想接，而不是沒戲接，我是何等的幸運！但是我內心的煎熬又有誰知道呢？

我向來注重生活品質，身為女主角，沒日沒夜的拍on檔戲，雖然我比較喜歡去大陸拍戲，因為可以簽時數，生活比較正常，但一走就是好幾個月，家裡空著，總會擔心。曾經就有一次在大陸拍戲拍到一半，接到朋友的電話說，我的住處因為樓上裝潢，水管爆裂漏到我家，損失慘重。沒有家人的幫忙，人在外地，永遠都要麻煩朋友。而在臺灣，幾天沒睡覺，還要打理家務，換床單、倒垃圾、處理帳單，什麼都要自己來！還記得剛進電視圈那會兒，時裝戲的戲服都要自己準備，常常一天可能就要準備十幾套，根本拿不動，也不敢冒著可能會掉在計程車裡導致無法連戲的風險。我決定買一輛車！跟美國的朋友通電話，他說：「天哪！妳敢在臺灣開車？」不然怎麼辦呢？

有一天，我正要開車去南港的中視拍戲，開著開著，我竟然開到了基隆！我第一時間打給執行製作，一直說對不起可能會遲到。他好心地教我怎麼往回開，我根本聽不懂。掛了電話，我想到了一個方法，我把車停在馬路旁，攔了一輛計程車，我請司機帶我回南港，不是「載」我，是我先付了他五百元的車資，讓他開在前面帶路，我緊跟在後頭，到了目的地，我再把差額拿給他。

都說演藝圈是異於常人的工作，何謂「異於」？我從來都不怕吃苦，也相信「辦法是人想出來的」。可是在演藝圈，是不是光是能幹、準時、負責任、努力，是沒有用的？你更需要的是懂得人情世故，高EQ、臉皮厚，甚至還要見人說人話，見鬼說鬼話？有心機比沒心眼兒更受人尊重，會做人比會演戲更重要！

有一次在杭州做宣傳，飯店裡，廁所的燈光很暗，我把鏡子移到窗臺上比較亮的地方化妝，畫著畫著我又望向天空，我回顧過去十年在演藝圈的生活，不對！更確切的是，我回顧從十五歲開始出社會，自力更生，每一份工作，對我而言都是不熟悉的領域，為了有口飯吃，我必須一頭闖入，忙碌的生活與壓力，連喘口氣都嫌奢侈，那還能顧及人際關係中種種的「應該」？

然而主耶穌總是會聽見我的聲音，我又再一次的懇求主：「主啊，我累了，我不想再做女主角了……」

# 人性

活到了快40歲，我才意識到自己在
認識「人性」這部分是非常慢熟的，
在息影的那幾年，
才有空回想之前拍戲現場的點點滴滴。

電影《流浪舞台》講的是牛肉場的故事。全劇在高雄拍攝，因為場景的關係，不但每天日夜顛倒，戲服庸俗，還常常被導演罵：「你是豬嗎？」有一天，我抱著隨身攜帶的熊熊布偶，準備要去拿便當時，突然被廠工一把搶走了熊熊，用他嘴裡叼著的香菸，往熊熊的身體上熄滅！我當時真的是嚇壞了！直覺反應就是，我做錯了什麼？這個人為什麼那麼討厭我？

曾經在小學班上，有位永遠都考最後一名的女同學，經常被老師打，沒有人聽她開口說過話，好像是有自閉症。雖然我也一直保持「倒數第二名」，但幾乎沒有被老師打過，從小到大我就很受外面長輩們的喜愛，加上我跟姊姊是全校唯二父母離婚的小孩，所以遇到的老師都很疼我。學校同學隔三岔五的就會去捉弄那位自閉症女生，我弄不明白，看了只會同情，怎麼還會欺負她呢？

活到了快40歲，我才意識到自己在認識「人性」這部分是非常慢熟的，在息影的那幾年，才有空回想之前拍戲現場的點點滴滴。這世上是不是有一種人，在一個團體裡，如果老大（群體裡的領導者）不喜歡這個人，多數的人也會不分青紅皂白，跟著討厭甚至欺負人？當那個廠工搶走我的熊熊，拿菸燒它，是因為我是唯一一個常被導演罵的演員嗎？至今我仍然沒有答案。

自打有記憶以來，父母打我、罵我，我從不反抗也不頂嘴，稱得上是一個既乖也沒有叛逆期的小孩吧？這次疫情肆虐全球，當很多人都在家裡悶得發慌，煩惱不能出國的同時，我卻有了一個正當「不用出門」的理由。這讓我想到「皮亞傑的發現」，沒有經歷過叛逆期的成年人，終身會覺得自己與這個世界格格不入……原來如此……

因為寫作，需要從網路上搜尋一部電影的名字，找到後，維基百科上怎麼會寫這是一部愛情喜劇片呢？我明明記得當年看得一把眼淚一把鼻涕的啊，故事描述女主角是一個女強人，跟隨著男朋友回到他父母家過聖誕節，因為想要留給這個大家庭一個好印象，所以非常拘謹，卻因過於緊張而一路得到反效果，雖然最後跟男朋友分手，但跟了男朋友的弟弟在一起。這個弟弟一直從旁觀者的角度觀察女主角，劇中有一句臺詞，弟弟對女主角說了一句話，“You try too hard.”。

也許從在母親的肚子裡開始，我就注定會「恐懼」。

一出生，我就直接被外公、外婆抱回板橋家養，我的記憶從很小就有，正當我在板橋家感受到了滿滿的愛時，離婚的父母替我做了這樣的一個決定——姊妹倆應該住在一起。於是四歲那年我被送回鄭家，看到了一大家子的人（小姑姑一家四口也常來）想必一定會緊張，這一大家子是跟我有著同樣姓氏的人。我期待我的爺爺、奶奶，能夠愛我像我的外公、外婆一樣，可是餐桌上，爺爺的一句「哪裡來的怪小孩，用左手吃飯」，硬是要我改成使用右手才可以上桌。

我害怕了起來，在外公、外婆家住到上幼稚園小班，我從來沒有因為是「左撇子」而被用異樣的眼光看待。爺爺一定是不喜歡我。

我想要表現得好，得到父親的誇獎，我甚至會懷疑，小時候我偷糖果、我吃草，會不會只是為了引起父親的注意？我期待父親會用關切的眼神問我「你怎麼了？為什麼會吃草？」而不是直接把我打一頓。而後母在家中扮演的角色，可能就跟電影中男朋友的弟弟一樣，因為與自己無關，不痛不癢，所以可以客觀地看待每一件事，因此對我公平一點吧？

# 愛，多寫幾次就懂了

如果說，我從未幻想我的人生藍圖有婚姻、家庭或孩子成群，那麼，曾經的錐心之痛、肝腸寸斷或許都只是一個導火線？從小成長環境所受的影響，讓我在一開始面對這些男人時，就無法做出正常的判斷。

年輕的時候，女孩子們聚在一起討論的話題，免不了有「妳最愛哪一任男朋友」？說真的，我答不出來。同樣的，年輕時習慣寫一些心情寫照，都一定會寫到「愛」這個字，而我發現每次寫愛這個字，都寫得好醜……我排斥寫愛又怎麼懂愛呢？

跟閨蜜分享了已完成的幾篇文章，閨蜜問：「愛情呢？怎麼都沒提到愛情？」我自己也很驚訝！也許在很多人的眼裡，我的戀愛史應該很精采，但我卻覺得乏善可陳……所以當要提筆寫愛情的時候，稿紙是撕了又撕，完全寫不出能感動自己的東西來。我一向不會主動向男性示好，從讀書時期就是這個樣子，越是有好感的，我在他面前就越彆扭，甚至可能會讓他誤以為我討厭他！通常會發展成男女朋友的關係，一定都是他先主動追求我，即便我對他沒有感覺，但因為不懂得說「不」，所以就自然而然地在一起了。

還有一種，就是我喜歡他，感覺他也喜歡我，但他沒有追求我，也沒有「明確」的表示，通常這種情況就沒有下文了。求學時期的「純純的愛」，到出社會交往的男朋友，還是進了演藝圈後傳出緋聞的男性，其實沒有一個真正適合我的。我敢這樣說，是因為現在的我已經認識自己，雖然至今仍單身，但從未抱怨過命運的安排。

成年後，我的每一段關係都遭受到背叛，分別有以下兩種情況的男人，一是「多情又薄情」，薄情指的是對他偷吃的對象薄情。這一種類型的意思是，我是他公開固定的正牌女友，但他外面永遠都會有其他的女人，雖不見得對她們動真情，但一個接著一個。第二種類型是「多情又不薄情」，意思是同時踏兩條船，而且兩個他都愛！

《祕密》這本書曾提到「你是宇宙中吸引力最強的磁鐵」。如果說，我從未幻想我的人生藍圖有婚姻、家庭或孩子成群，那麼，曾經的錐心之痛、肝腸寸斷或許都只是一個導火線？從小成長環境所受的影響，讓我在一開始面對這些男人時，就無法做出正常的判斷，因為「害怕說不」和「沒有自信」，讓錯誤再三的發生。

一切的憤怒和咆哮，都源於極度的不安和勾起了我童年缺乏愛的回憶？我不知道。但我知道，當我準備好了，老天爺會為我做最好的安排！

起落

# 繁華前塵

我問自己，真的痊癒了嗎？

我問自己，想要的是什麼是什麼？

是能勇敢去愛？

還是想要好好的與人相愛？被愛？

# 改變我的劇中角色

## ——月華

因為不想讓臺灣的演員丟臉，多數人無法想像我精神上所承受的壓力和身體上受的苦！可是，就當你有一種被逼到絕境的感覺時，原來，是會被激發出意想不到的潛能。

月華，應該是我最愛的一個角色。

一九九八年，我隻身去上海拍戲。《星星月亮太陽》是一部中港合資的年代劇，劇情描述情同手足的亮星、月華、旭南三個不同性格，不同背景卻愛上同一個男人和錯綜複雜的關係，加上「一二八事變」日本侵略上海，劇本非常精采。當時香港製作人李國立先生特別來臺灣選角，他想要在兩岸三地各找一個女演員，分別來飾演星星、月亮、太陽。星星一角已定案，而太陽一角也有人選，只剩下月亮要從臺灣選一個演員來飾演。劇組當時想找岳翎，藉由臺視朱莉莉導播的介紹見到了她，但聽說岳翎看了劇本後比較想演太陽，而我剛好跟朱莉莉導播拍完《四千金》，朱導播就向李國立先生推薦：「我有一個新人可以演月華。她在《四千金》裡演的是二姊，這個角色能幹漂亮，我覺得跟月華很像。」李國立先生見到我後，非常滿意，短時間內就和我簽了約。

對當時還算是個新人的我來說，不但要跟一群不是臺灣的工作人員合作，還要一個人去人生地不熟的地方，加上月華這個角色又是三個女孩中轉折最大的，這完全是一個高難度的挑戰。說實在的，當時的心情是既興奮又害怕！興奮是，我又有錢賺了，害怕是，我會讓臺灣演員丟臉嗎？記得出發那天是大年初二，我一個人飛到了香港，在機場跟香港的團隊會合後再一起前往上海。早就聽聞當時在大陸拍戲的環境很可怕，也被告知上海的冬天比臺灣冷。到了上海已是傍晚，進到賓館，要在大廳等候統籌分配房間，等到拿好行李和鑰匙，進到房間已是晚上，房門一打開，立馬聞到一股怪味，室內的燈光很暗，開也開不亮，地毯有點發黴，被子摸起來潮潮的，真的不是普通的可怕！

由於當時的經紀公司跟我都沒有去外地拍戲的經驗，所以我的東西全部都帶錯，好比，我沒有帶擦澡的毛巾，我沒有帶拋棄式的內褲，雖然知道冷，但帶的都是保暖的「外套」，我其實應該要帶穿在戲服裡的保暖衣。行李不敢放在地毯上，外套沒有衣架可掛，在不認識任何人的情況下，也不知道要找誰或到哪裡買東西，因為第二天就要開始工作，想哭但不敢哭怕眼睛腫，整夜輾轉難眠。等好不容易有點睡意了，迷迷糊糊中好像又看到一隻老鼠……終於，到了第二天，在很狼狽的情況下跑去定裝。之前提到月華的角色轉折最大，所以在幾乎一夜都沒睡的情況下，戲服是一套接著一套換，造型是一個接著一個做。等要開拍前拿到通告單，我永遠是最忙的那一個。A組轉B組、B組轉A組，沒辦法，戲份不一定最多，但「場景」多，所以必須轉來轉去。就這樣，整整三個半月的時間裡，我每天平均只睡2小時。

看到這裡，你可能會好奇，為什麼我最愛月華這個角色？其實，當我想寫「三個改變我人生的角色」時，我是沒有任何頭緒的，可是當我拿出稿紙和我最愛用的鉛筆，竟然有好多的畫面浮現出來。《星星月亮太陽》這部三十集的連續劇，是由三個不同的香港導演各拍十集，也許是環境差，也許是故事不好拍，三個導演都有各自的情緒跟不同的要求。

而我在表演方面並沒有什麼經驗，更不懂得什麼技巧，加上從小就有便秘的問題，當時最高紀錄有14天沒有辦法排便。劇中要穿的旗袍，服裝師為了我是把尺寸放大又放大……這些當然不可能是我愛這個角色的原因，那麼，是為什麼呢？我愛月華，是因為這個角色讓我在表演上忽然開了竅，因為環境差，因為太忙，因為永遠睡不飽，因為長期不能排便，因為不想讓臺灣的演員丟臉，多數人無法想像我精神上所承受的壓力和身體上受的苦！

可是，就當你有一種被逼到絕境的感覺時，原來，是會被激發出意想不到的潛能。我突然有一天在拍攝的過程中會自然地流眼淚了！之前我是打死都哭不出來，要擦綠油精或是用香菸熏眼睛。還有，我居然在演戲的時候臉頰不會顫抖了！我居然在導演喊action後的那一霎那，心跳不但不會加速而是渾然忘我，飄飄欲仙……那種感覺實在是太奇妙了！連導演都跟製作說，三個女主角我演得最好。雖然這部戲殺青後久久未能在大陸播出，臺灣播的時候好像也沒什麼人知道，雖然我在戲裡一直發胖到不像話……但當全劇殺青，我要離開劇中我家的場景時，那種不捨，那種心臟像打了個結般的難受，我才明白，什麼叫做傳說中的入戲。

最後，我帶著疲憊的身體，失戀般的心情和完完整整的30集劇本，回到了臺灣，從此我愛上了演戲！

# 改變我的劇中角色——雨柔

要怎麼說與角色「融為一體」的感覺呢？
有點像是「我穿衣服」還是「衣服穿我」？
我要怎麼樣把一個設計師品牌的衣服
穿得比模特兒更出色？
我肯定沒有模特兒高䠷纖細的身材，
但模特肯定也沒有我所擁有的。

雨柔，是與我性格完全不同，卻又教會我如何與角色融為一體。

最常聽到記者問演員的一句話就是：「你都是如何揣摩劇中所飾演的角色？」我真的不算是戲演得多的女演員，但不可否認，從出道到息影之前，我接的都是女1號的角色。記得以前，我常跟助理們說一句話：「你當一個1號角色的助理，勝過當三個2號角色的助理。」雖然辛苦，但學到的東西肯定更多，相對的，收穫也更大！其實不光是助理，我也很慶幸在女1號的生涯中，藉由角色更認識了自己。

如果說，一個演員的工作是先從拿到劇本開始看，然後要定裝做造型，需要的話必須急速瘦身，接著開鏡。正式開拍後，每天上妝，排戲，演戲，等待，搞好人際關係，到了要開播的時候，一堆的宣傳加上記者會，最後戲殺青時再來個殺青酒，那麼，所有的這些過程，我最愛的就是看劇本，甚至背劇本。再來，喜歡的才是演戲，其他的……嗯，都不愛！所以，與其問我是如何揣摩角色的，倒不如說我是如何跟角色融為一體。我相信很多演員都跟我一樣，多多少少會覺得所飾演的角色跟自己的遭遇或個性有幾分相似，如果你跟我一樣也相信磁場的話，就會懂我的意思。

角色是會自己找演員的，就好比編劇在寫故事的時候，一定會有畫面，製作人或導演在看劇本的時候，腦海裡一定會浮現誰誰誰的面孔，這時，如果天時地利人和，這個角色就屬於你的了。當然，以上說的這些不一定是絕對，因為，我就接過一個角色讓我傻眼到不知道該怎麼詮釋，但也是這個角色讓我更了解人性，更看清自己。二〇〇四年，由李烈姊製作的一部戲叫《別在夢醒之前離開我》，全劇是在桂林拍攝。我做女1號時期，找我的角色不外乎都跟貴氣、苦命、韌性脫不了干係，哈！劇中我飾演的「雨柔」一角就是一個苦命的富家女。劇情大概是這樣的，雨柔在一個優渥的家庭中長大，雖然是單親，但父親沒少給雨柔愛，不但一路栽培她去英國念書，回來好繼承家業，更從未讓雨柔受到過一絲的傷害。

雨柔有兩個從小一起長大的好友，一男一女，男的是才華洋溢的窮光蛋「仲文」，女的是雨柔家幫傭的孩子「墨俐」。雨柔愛仲文，仲文愛墨俐，墨俐愛別人。仲文為了報復而娶雨柔、利用雨柔，不但在婚後百般折磨雨柔，更讓她從樓上滾下來流掉了孩子！開拍劇本因為沒有完全出完，烈姊讓編劇從臺灣跟我們一起住到桂林，好盯著劇本。而當時的我，不但為了劇中的角色每天哭到眼睛都快瞎了，不可否認，我的內心對於劇本的不合理也極度糾結……世界上怎麼可能有一個女人可以如此寬容，如此犯賤？我每天都期待新的劇本趕快出來，劇情會有轉折，可是當有一天我拿到熱騰騰的新劇本，居然看到——什麼，雨柔還不反擊，還要繼續被折磨！我終於崩潰了，忍不住敲了編劇王瑋的門，找他談話。

「王瑋，天底下怎麼可能有這種無知的女人？我真的不知道要怎麼演！」我只記得當時在那山明水秀的桂林，只見王瑋很佛系的樣子，心平氣和地對我說：「家榆，因為妳不是在一個愛的環境中長大的小孩，所以不能體會雨柔從小被父親呵護、被愛圍繞，被周圍的人都捧在手掌心的感覺。雨柔擁有滿滿的愛和正能量，她會想要給予，會想要釋放，她的成長環境讓她懂得包容，雨柔這樣的人，會覺得自己是一個救世主。而家榆，妳不一樣，妳缺乏愛，所以渴望被愛，妳不懂得付出，只希望得到，所以妳跟雨柔是兩個世界的人。」王瑋的話當頭棒喝，讓當場的我不但對他佩服得五體投地，更讓我知道了怎麼跟雨柔融為一體。

嗯，要怎麼說這「融為一體」的感覺呢？有點像是「我穿衣服」還是「衣服穿我」？我要怎麼樣把一個設計師品牌的衣服穿得比模特兒更出色？我肯定沒有模特兒般高䠷纖細的身材，但模特肯定也沒有我所擁有的。的確，我雖然不是在健全家庭環境中長大的孩子，但這樣的我，反而更能感受到周遭人的情緒，心思更為敏感，臉上更有故事，所以我認為這樣的人，更有能力把角色扮演好，更能賦予角色生命。王瑋明確地讓我理解我和角色的差異，當我能看清這一點，如果我可以把衣服穿出不是它既定的樣子，那我更可以把角色詮飾出我的風格。王瑋，大概是唯一一個我記得名字的編劇！

# 改變我的劇中角色
## ——懷玉

在進演藝圈之前，
所有的老闆都器重我，同事都喜歡我。
進了演藝圈後，我是出了名的敬業演員，
曾幾何時，拍了《懷玉公主》後
我就被冠上了一個「難搞」的罪名。

懷玉，是讓我想忘也忘不了的名字。

直到現在去星巴克買咖啡，偶爾還是會看到杯子上寫著「公主早安」四個字，我心裡的第一個反應是，天啊！在星巴克工作的妹妹才幾歲？《懷玉公主》播出到現在已有21個年頭，那她又是幾歲看的啊？然後很自然地又聯想到了兩件有趣的事。

當時戲劇在熱播的時候，我問一個朋友：「喂，你有沒有在看懷玉啊？很紅耶！」

朋友：「我哪有時間看啊！不過我女兒有看！」

我：「你女兒才三歲，是在看什麼？」

朋友：「不知道啊，有一天我回家後，菲傭告訴我她不肯吃飯，我問為什麼？菲傭回答，因為懷玉被關進監牢了！妳有被關進監牢嗎？」天啊！前幾天的劇情真的是這樣耶！

還有一次，颱風天，我匆匆忙忙地進了超市買點東西，忽然聽到有人在喊「懷玉公主在買菜」。我尋找著聲音的來源，竟然看到一個差不多四歲的小女孩，坐在超市的推車籃裡，跟她的媽媽指著我說，「懷玉公主在買菜耶！」以前還線上的時候，我出門從不會把自己打扮得像個「偵探」，並不是我要別人認出我，而是我打從心裡不覺得自己是一個明星。反而是當有人要找我簽名的時候，我才會想起，哦，我是公眾人物。對我來說，它就是一份工作，一份比我之前做的都再高收入的工作。在拍《懷玉公主》之前，甚至在進演藝圈之前，所有的老闆都器重我，同事都喜歡我，在進了演藝圈後，我是出了名的敬業演員，連電視臺的長官都對我當時的經紀人夏玉順先生說：「你們公司要是每一個藝人都像鄭家榆那麼準時就好了。」

曾幾何時，拍了《懷玉公主》後我就被冠上了一個「難搞」的罪名！我的工作態度一直沒變，從小家裡教我的，就是做人要有責任感，天底下沒有不勞而獲的事，一定要努力，準時很重要。也許是受到在美國工作過的影響，我向來都是一是一，二是二，加上我們全家都臉皮薄，不懂得變通，也不懂得人情，但我知道做人要厚道，我一直的工作態度就是這樣，我一直是原來的那個鄭家榆。可是拍完《懷玉公主》，進的每一個劇組，我都會聽到「難搞」這兩個字。每當我回想起來以前在拍《懷玉公主》或是之後每一部戲的點點滴滴，我就會想，要不是我的心臟夠強大，要不是我有一種越挫越勇的精神，我可能已經走上絕路……

《懷玉公主》是唯一一部我沒有辦法全部看完的作品。原因是它真的是太長了，另一個原因是我「覺得」我無法觸碰這部戲，其實我也不確定自己看了會怎麼樣？可是就是「覺得」我看了會難受，就在幾年前，我經過華視附近，我的心都還是會痛，身體會冒冷汗。但這也許就是人生的功課，現在網路發達，搜尋「鄭家榆」三個字，十篇新聞有九篇會提到「懷玉公主」，復出後跟年輕人拍戲，每一部戲總會遇到有人告訴我「我好喜歡妳演的懷玉」。

《懷玉公主》是我拍的第一部宮廷戲，當時很多的臺詞我是需要查字典的，記得有一個鏡頭是，「阿瑪」坐在面對我的左邊，「額娘」坐在面對我的右邊，攝影機擺在他們的後面，鏡頭面向我，要拍我一路跑進來，跪在他們的面前叫阿瑪、額娘。那個鏡頭我大概跑進來跪了10次以上，因為我叫「阿瑪」的時候，視線看的是「額娘」，因為有一個瑪（媽）字，然後再轉看額娘時，意識到自己叫錯了，就這樣一次又一次地跑、一次又一次地跪……十幾年前中山醫院骨科醫師吳濬哲就建議我動膝蓋的手術，但我一直沒有勇氣，反而選擇跟我的疼痛「和平共處」。終於去年在膝蓋痛得無法忍受的情況下，去馬偕醫院照了MRI，檢查結果是「半月軟骨碎裂」，醫師問我是不是很常跪著？出了馬偕醫院，走在中山北路的街道上，走著走著，又讓我想起了懷玉公主這部戲。

在提筆之前，我總以為我不後悔任何人生中所做過的決定，或是遺憾任何在我身上發生過的事情，我曾經上過身心靈課，我練習打坐冥想，我每天運動，我甚至現在在讀《聖經》。我不斷學習著要如何「釋放」和「放下」，但在提筆之後，我意識到這些都是很冠冕堂皇的話。我只知道在一開始寫完關於童年的回憶後，我是好幾天像死去般臥在沙發上全身痠痛，動不動就想哭，全身無力，眼前一片黑漆抹烏的……所以，是因為我沒有放下兒時的遭遇嗎？還是正在「釋放」負能量呢？人說「寫作關於過往是療癒現在」，請問，要怎麼療癒？我「拎」起了這樣東西，但卻不知如何放下。我只看到我哭得多出了更深的眼袋、氣色變差、臉變醜了，我更難過而已……

可是當我想到，就在上個月，我戴著口罩，星巴克的年輕店員居然還可以認出我來，看到咖啡杯上面寫著「公主早安」的時候，雖然鼻子還是有點酸酸的，但我的心卻是暖暖的，有一種曾經受過的委屈都可以煙消雲散。

與其說是「放下」，倒不如說是我學會了「轉念」，我「接受」猛跪次數超過百次，有時還不給我護膝的拍戲現場，我「接受」在我身上發生的一切事情，造就了今天不斷想要學習和改變自己的我。因為《懷玉公主》，的確讓我在之後的演藝生涯中加了很多的分數，更讓我的人生有了一部代表作。

# 認識自己，
# 才能擁抱愛情

我分辨不出什麼是對我好的、
什麼是對我不好的，
我不知道該抓住什麼、不該抓住什麼，
沒有人教過我，尤其是在愛情這個部分……

二〇〇六年在拍戲現場，記得有一位女演員跟我是這樣說的：「跟男朋友在一起，就是要帶給他快樂。」那天在中飯前大家先排戲，等放完飯後開始拍。通常雖然是會按照通告表，怎麼排的順序就怎麼拍，但也會有突發狀況需要跳拍。這個女演員排完戲就跟導演報備說，男朋友會來接她去基隆吃小吃。

比方說總共排了十場戲，她是第八場，所以女演員估計晚飯前才會拍到自己。當時攝影棚在中影，我沒有記錯的話，她應該是將近中午一點鐘離開的，結果她真的就趕在要拍到她的前1秒飛奔回來！她的那場戲剛好是跟我一起，我在空檔時問她：「妳不會緊張嗎？」「會啊！但男朋友要我陪呀！」我問：「那假如說半路突然來個車禍造成大塞車，妳當下會抱怨嗎？」她說不會：「男生會希望你帶給他快樂。」

我當時覺得她好偉大！換作是我，一是絕對不可能在這麼緊繃的空檔，陪男朋友去玩，我的心臟一定會跳出來。二是如果趕不回來，或是提早拍到我，然後我人沒到，要大家等，我收工後一定會跟男朋友吵翻天！你說我有錯嗎？並不見得，因為我對我的工作負責。可是看到她現在的婚姻幸福，我終於明白，我只是太慢知道我的人生要的是什麼。應該說是，在那之前，我分辨不出什麼是對我好的、什麼是對我不好的，我不知道該抓住什麼、不該抓住什麼，沒有人教過我，尤其是在愛情這個部分……

天下的父母，真的都了解自己的孩子嗎？

我的母親永遠都會否定我和姊姊交往過的男朋友，她到臨終前，都沒有誇過我現在這個姊夫一句好。可是我可以證明，姊姊跟現在這個姊夫真的過得很幸福。

年輕的時候，只要一談戀愛吵架了，我就會感到不安，我會有種「這件事不完美了」的感覺。我以為每一個女人都跟我一樣，後來才知道並不是。那種感覺就好像衣服破了個洞，你想丟掉，但是不捨，然後拿去補，可是補完了每次穿它還是會看到縫補的痕跡。即便看不出來痕跡，但我就是會全身不對勁，之後可能會越吵越兇，我就會開始責怪自己，覺得都是自己的問題。

曾經的我，有了男朋友，就像是在大海裡看到了一塊浮木，小時候沒有的愛，我想要從他身上找到；小時候受的傷，我想博取他的同情。我害怕失去所以緊緊攥住……這世上也許除了母親，其實沒有人會關心你的傷痕，沒有人想要聽你亂七八糟的事，一次兩次也許可以，但一天到晚都「自憐」或是走不出來的人，換成是我也受不了。

自打小時候離開外公、外婆家起，我的心臟就有一種像打了個結般的感覺，等到人生第一次跟男朋友分手，我的心臟又有了同樣的感覺。一種會讓我忍不住掉淚的感覺。也許在很年輕的時候，我的潛意識就能分辨出「失戀」和「失去」，原來是一樣的感受，但卻從來沒有用過這兩句動詞。不知道從什麼時候開始，我會把我的心臟，想成一個心型的圖案，每一次的「打結」，我就會想像這個結打得太緊，擠出了一塊角，然後又擠出一塊角……我想把缺了的那塊「角」趕快找到，但怎麼也找不到。第一次看到心型中間有一條裂痕的圖案，我會想，為什麼沒有缺了個角的圖案呢？

一直到二〇〇〇年的那個緋聞，我徹徹底底地覺得那個心型，已經碎到再也拼不回來，甚至連最後的一塊「角」都不見了。原來那種毫無預警之下的分手方式，在我心中比出軌，比分分合合……不對！他連分手都說不出口，只說了一句，我想要冷靜一段時間，然後就再也找不到人。這種人間消失的方式，對於我這樣一個很容易「不安」的人，其實更恐怖，但我無法怪他，因為在拍《懷玉公主》那長達一年的時間裡，他是唯一給了我精神支柱的人。是我搞砸了，我知道我要負一半的責任。

現在回想起來，我真的很感激那段緣份，他在我的人生中扮演了一個很重要的角色，並不是因為我有多愛他，而是他讓我看見了我有多不愛自己。如果不是因為心型整個不見了，沒有心跳我活不下去，我不會知道我必須一塊一塊地把「角」找回來，好好地黏回去。

# 說不出口的傷

在我沒有釐清自己的感受之前，
我沒有辦法說出責怪別人的話。
很多人也許不會相信，
我的人生
有大半輩子都在自責，都在反省。

周遊女士心目中的《懷玉公主》人選本來是徐懷鈺，可是華視堅持要用我，我拍了三個土地公單元，每個單元都長達15集以上，而且創下了全臺收視冠軍。在拍《懷玉公主》之前，因為沒有「感受」到別人的「不喜歡」，所以我很自在。可是到了《懷玉公主》，我想要表現得更好證明給周製作看，讓她覺得沒有後悔用我，誰知道那部戲一開始在大陸拍攝就出了狀況。

據傳是大陸投資方跟周製作意見不合吵翻了，只拍了一個月，我們就要像小偷一樣連夜逃回臺灣。當時合作的導演是拍攝《還珠格格》的導演，孫樹培先生。周製作天天來拍攝現場，要我演得像「小燕子」，還模仿給我看。我根本沒有看過《還珠格格》，又是第一次拍宮廷戲，越想表現得好反而越糟。母親當時還特地飛到無錫，因為看到一篇周製作說我NG五十幾次的報導。

逃回臺灣的前一晚，導演孫樹培把我跟男主角叫進他的房間，分別告訴我倆在這一個月裡，他看到關於表演上的問題。我永遠記得導演對我是這麼說的，「你們回臺灣後，會是哪一個導演拍我不知道，但是不要被周遊影響，你不需要演得像小燕子，你是『懷玉』，你的笑容是我見過在鏡頭裡最甜美的，你有這個優勢，要好好的利用。」回臺灣重拍後，陸陸續續跟戲中其他的演員接觸。先出發去無錫的那一個月，只有三個角色，吳應熊、皇上跟懷玉。

說實話，我並不記得當年在拍戲現場，有沒有親耳聽到大家在背後議論我什麼？幾年前關於〈聯合報〉說我被霸凌的專訪，那是殺青後，才聽到一個演員告訴我原來當時大家都是怎麼說我的。但我可以明顯感受到異樣的眼光，我永遠記得當時的髮型師如果在忙，會讓他的助理幫我梳頭，但按常規來講，女主角的髮型應該是由他親自弄，親自放上髮飾。外景有涉水的戲，工作人員可能會拿毛巾給別人擦，但不拿給我，下跪的戲需要護膝，可能永遠沒有準備。

我一直無法看《懷玉公主》的原因，是源自我內心的恐懼這部戲會勾起我太多的回憶。而這個回憶，會像是中了邪一樣地一直延伸……延伸……再延伸……小時候，只要家裡來長輩都會誇我好乖，會看臉色。可能大人的一個眼神，我馬上會遞上菸灰缸，或扶站起來這樣的舉動，在外公、外婆的眼裡，會誇我是最孝順的孫女，可是在鄭家，卻會說我太愛表現，然後誇姊姊傻傻的好可愛。

我也不想要活得這麼敏感，我也不想要活得這麼累。小學時有一學期來了一位新老師，在升旗典禮上，我看到曾經教過我的老師跟新來的老師指向我，然後不知道說了什麼。我「認定」老師一定是在說，我是班上唯一家長離婚的小孩，然後我就開始變得很緊張。果真，那一年我不知道做了什麼，讓班上的一個太妹看不順眼，結果她帶了隔壁班的「大姐」打了我一巴掌！

幾年前看見網友有這樣的一個留言，「當時為什麼不說，現在才說！」為什麼不說？

雖然我來自於一個不圓滿的家庭，但我可以輕易地對別人說出小時候家裡的事，不會覺得丟臉，那是因為我知道很多事並不是我能決定的。可是在學校被打巴掌、拍《懷玉公主》甚至在拍完之後的委屈，就不是三言兩語可以解釋的清楚的。很多事情我要負一半的責任。曾經有人教我，應該要利用媒體說出一些話，但我真的不會。我不是一個腦筋會轉彎的人，直到現在，遇到媒體訪談我還是會很緊張，事後看播出，我其實可以理解，為什麼我的母親當初會說我訪談沒有內涵。我看了也覺得自己很笨，可是我就是學不會。

好比以前戲要上檔前，記者會上一定會問到拍戲現場有哪些有趣的事，其他演員可能會馬上想到，甚至誇大其辭，可是我的回答可能就是會說「沒有」。每天都神經緊繃在角色中，哪會注意到有趣的事？當然我回答記者的方法，並不是像我寫的這麼直接，我是會很緊張，因為我真的想不到。幾年前，我可以在聯合報的專訪說出我息影的原因，也是因為我搞清楚了，我放下了，是因為的確從《懷玉公主》開始，我在這行就很不快樂，身體本來就不好，加上心理又影響生理。

但記者並沒有問「妳覺得妳為什麼會被欺負？」如果記者有這樣問，我也會毫不遮掩地說出，我要負一半責任的話。去年就這麼巧，碰到了當初《懷玉公主》華視的編審，他看到了聯合報的專訪，他也問我同樣的問題，問我為什麼當初不說？他知道了，一定會幫我解決。我心想，被欺負又不是什麼光榮的事情，怎麼說的出口。

好幾年前，有一系列收視很高的電視節目，邀請人妻、記者等人去講前男友、講委屈、講工作，總之都是負面的。當時的經紀公司說，去上節目一個月下來也可以賺很可觀的錢，邀請了我好多次，但我都拒絕了。在我沒有釐清自己的感受之前，我沒有辦法說出責怪別人的話。很多人也許不會相信，我的人生有大半輩子都在自責，都在反省。

每當不好的事情發生在我身上，我都覺得是自己的問題，接著，就會躲起來療傷。我不斷地問主耶穌，我到底是哪裡出了問題？很幸運的是，一路上我遇到很多的貴人，從他們身上，讓我接觸了一些可以釋放、可以認識自己的管道。

曾經那說不出口的傷痛，讓我終於明白，人生的風風雨雨，原來都是因為我活得太用力了。

oconnor

# 老天爺開的玩笑

雖然在她的面前，常常都要窒息，
我最愛的人還是我的母親。
老天爺開了一個好大的玩笑，
原來母親一直是我最忠實的粉絲。

在當紅之際，我做了一個決定，暫別演藝圈。

我沒有辜負主耶穌的應許。不再工作的那幾年，我早睡早起，每天運動，一個禮拜煲一次湯，營養均衡。我寫下每一件要送乾洗衣服的牌子，洗好送回來的時候，再一件一件核對，我享受著每天早晨把床鋪好的那一刻，我打掃家裡的每一個角落，就連一根電線也不放過。我打掃會這麼龜毛，除了我的父母都很愛乾淨以外，我這個潔癖其實是在芝加哥幫傭時，被雇主袁太太訓練出來的，是她叫我電線要擦乾淨，插座的蓋子都要用棉花棒清理。

我不介意煮自己一個人的飯量要用掉三個鍋子。我閱讀，喝普洱茶的時候要用「茶杯」，喝咖啡的時候要用「咖啡杯」。我非常地慢活。當時的我，從未想過要為自己的老年生活做打算，我沉浸在有「儀式感」的生活。那段時間，我有一個交往的對象，那也是我生平第一次看到自己原來可以那麼的

「小女人」。

在他面前，我有「精力」去轉換思考，就算吵架，吵到最後都會笑出來，跟之前交往的對象會越吵越兇，動不動就要分手的我相比，簡直是判若兩人！我想到了母親，我看到了她跟那些男友爭吵的畫面。母親從小的教育方式就是「女人要經濟獨立」，但她卻沒有教我，也許「精神獨立」更重要。看見周圍那些已婚又離婚的朋友，感慨「母親」在一個家庭裡扮演的角色真的很重要，我打從心裡佩服那些成功的「家庭主婦」！

二〇一三年，母親還沒來得及過生日，就到了另外一個世界……

那天跟往常的每個星期六沒什麼不同，我一樣坐在204的公車上準備要去上早上八點的瑜伽課，唯一不同的是，很少會在這麼早就收到簡訊。姊夫

說，母親走了，我快速按鈴跳下公車，攔了一輛計程車返回住處。我打給姊姊沒人接，我全身發抖，急得像熱鍋上的螞蟻，我沒有姊夫的電話話碼，他用的是姊姊的手機，我一直傳簡訊。後來，姊夫回說姊姊病了，沒聲音，我回覆待會兒旅行社一上班，我馬上訂當晚的機票去美國。不知道過了多久，姊姊終於回電，用那沙啞、聽不出有沒有帶情緒的聲音，第一句話就說，妳不用回來啦！

的確，二〇一二年當母親被診斷出肺腺癌，都是姊姊在照顧，在那之前的過去三年，我和母親是沒有說話的。我一直很怕我的母親，像老鼠看見貓一樣害怕。我有試圖想要回去幫忙照顧，但姊姊說，他們家都是氧氣筒，沒有地方給我住。我和姊姊一直不像是電視上演的那種「姊妹情深」的關係，我們的個性截然不同，她愛睡懶覺我早起，她愛遲到我都會提早到，她不進廚房我熱愛烹調，她EQ超高我不夠圓融，她沒事就傻笑我凡事都認真。她是個標準的生意人，有一次逛街，她看我亂買便說，妳銀行多一個零不會比較開心嗎？總之，我們互看不順眼。

我很愛我的外甥，有一年回美國渡假，發現姊姊對待她那上小學的兒子也不像是個媽媽，我突然釋懷，她並不是針對我，她就是這樣的一個人，跟我南轅北轍的兩個人。在和母親沒有說話的那兩段時期，一段是二〇〇二年到二〇〇七年，和好了兩年又沒說話！這期間姊姊並沒有扮演和事佬的角色，反而在偶爾聯絡的情況下，會說一些讓我更抗拒跟母親聯絡的事，我想關心母親的近況，卻又害怕從我姊口裡聽到什麼。我知道她不是故意的，她就是想說什麼就說什麼，口無遮攔，完全不像大姊。

快到傍晚，旅行社的人打給我說，妳再不下決定機位就沒了。開票！我必須回去！

我定了十天的往返時間，因為要趕回臺定裝。合作過兩部戲的楊冠玉導演，突然打了個電話給我，問我這幾年都在幹嘛？說有一個角色除了我，他想不到別人。雖然知道我好些年沒拍了，但還是說服我「輕輕鬆鬆就當來玩玩嘛」！我二話不說的就答應了。

當時，我暫住在已經退休到美國定居的父親和後母家。

將近快四十八小時無法闔眼，第二天姊姊、姊夫來接我。跟姊姊面對面地兩個人，卻都沒有留下一滴眼淚，我就問了一句「病好點了嗎」？接下來的十天，行程滿滿，先是姊姊要我幫忙選媽媽躺在棺材裡要穿的衣服，她說我的眼光比較好，她拿不定主意。然後要去照相館裱遺照的框，排rose hills火葬的日期，母親選擇在喪禮上不開棺，除了喪禮的日期，還有家屬告別的日期。還要跟喪禮當天的司儀討論致詞的內容，還有母親的幾個老朋友都住在別州，要安排車子機場的接送……

終於把所有的日期都敲定了，有一天在餐廳裡，姊姊突然說：「妳應該再演戲，媽媽最愛看妳演的戲了。」我當場愣住，我沒有聽錯吧？我以為一直以來在母親的眼裡，我做什麼都是錯的！

在報紙上看到我的新聞，她會說我講話沒有內涵。

出席記者會的穿著，她會說不適合我。

臉書的貼文，她會叫我拿掉。

盯著我的臉看，她會說為什麼妳的臉一邊大一邊小，要不要去整形。

跟朋友出國玩，她會問姊姊，我是不是偷偷跑去拍寫真。

她常說要殺殺我的銳氣，雖然我聽不懂那是什麼意思，她向來用的詞彙都很深奧，但聽到「銳」這個字，代表的是尖尖的，應該又是在批評我吧？

她還說我胸前應該掛一面鏡子，隨時隨地看看自己的表情有多討人厭。

把菜根子摘得很嫩做給她吃，她還是說咬不動。

帶她去礁溪老爺酒店過母親節，就我們兩個，吃自助餐時她會說妳吃慢一點，飯後散步她會說妳走快一點。

雖然在她的面前，常常都要窒息，但是在這個世界上，除了板橋的爺爺婆婆，我最愛的人還是我的母親。老天爺跟我開了一個好大的玩笑，原來母親一直是我最忠實的粉絲。我哭了，在餐廳裡，我激動得對姊姊說：「為什麼你不早點告訴我？」她說：「我怎麼知道，我以為你知道！」

我怎麼會知道？

我怎麼知道母親把我的每一部作品看了又看，我怎麼知道母親邊看會邊說，演得真好。我又怎麼知道原來在我休息的這幾年，母親是氣到跳腳的！我知道我不能再質疑姊姊，因為這樣下去，兩個人會吵起來……

離回臺灣的日子只剩下三天。那天的行程是安排家屬見最後一面的日子。姊姊、姊夫、外甥融融，還有一位在慈濟工作的女士，我們一起進到了那個房間。母親的棺材開著，我緩緩走近，看到了母親穿著我為她選的一身白色衣服，還蓋了一塊像佛教儀式裡會使用的金色的布。我從來都不知道母親從什麼時候開始，變成了一位虔誠的佛教徒，原來這些年來，她一直有在美國的西來寺做義工。

母親的身形和面孔，也完全不是我記憶中的樣子，整個人變得好腫好腫，腫到我好心疼。我想去摸摸母親的臉，但又好害怕她會突然坐起來罵我……我跪了下來，「媽媽我錯了，妳不要生我的氣，我應該回來照顧妳的，沒有地方住只是藉口，我真的太怕妳了，我怎麼樣都應該回來看你的。媽媽，我錯了，請妳原諒我，妳到了另一個世界，一定要幸福，一定要快樂……」

# 送別母親

喪禮開始前，在門口見到了母親最好的朋友，
住在三藩市的rosa阿姨，
她盯著我一直看，眼淚開始嘩啦嘩啦地流，
她說，
妳跟妳母親年輕的時候，長得一模一樣啊！

母親回來了。

那天，離開殯房後，除了慈濟的女士，剩下我們四個人選了一間燒烤店去吃晚餐。姊夫說：「妹妹，來，今天陪姊夫喝一點。」我的姊夫是一個大好人，他不但對我的外甥，不是他親生的，像自己的兒子一樣，也讓我的姊姊改變了許多。他很孝順我的母親，對父親家更是有求必應。當時姊夫的手臂是受傷貼著膏藥的，母親在走之前因為肺積水，變得越來越腫，從臉一直腫到腳，身體變得很沈重。雖然母親自己花錢請了24小時三班制的看護來照顧，但要去洗手間時，只有姊夫扛得動。

姊夫開口，我當然要陪他喝一杯，加上能夠見上母親最後一眼，心裡也算放下了一塊大石頭。吃完晚餐，轉移姊姊家，一樣我們四個人，在家的後院繼續喝，繼續聊，聊著聊著，姊姊突然大叫：「啊！今天是媽媽的頭七耶！」雖然外雙溪的爺爺、奶奶過世時，都是我這個孫女在臺灣，但父親是基督徒，說不相信什麼頭七。融融在美國出生，問頭七是什麼？解釋給他聽，他說yeah right！覺得荒謬。我們誰都沒有多想，酒一瓶一瓶地開，姊姊進屋拿零食，然後告訴我，這包是媽媽最愛吃的。

我們的話題並沒有一直圍繞在母親的身上，姊姊又去弄她的盆栽，然後說：「這盆是媽媽最喜歡的，本來死了，被母親養活了。」才說完，忽然颳起了一陣強風，隔壁鄰居的狗開始狂叫，一隻飛蛾飛呀飛的，選擇停在了我們面前的柱子上。姊姊說，媽媽回來了！慈濟的人告訴我，看到了飛蛾不能打，是媽媽，媽媽回來了！咻地一下，姊姊衝上樓，又咻地來到了後院，手裡拿了一串佛珠，狗的叫聲沒有停，大風繼續颳，頓時間好像降了10度。

姊姊數著佛珠開始念經，我們三個不知不覺地跪在了水泥地上，沒看見融融。我冷到鼻子通紅，寒毛直豎，我聽不見姊姊在唸什麼，而我一直說媽媽對不起，媽媽對不起，媽媽對不起。感覺過了好久好久，強風停了，飛蛾不見了，我們三個人你看、我看你，酒也醒了。融融不知道從哪裡忽然冒了出來，原來他一直巴著牆，在看隔壁鄰居的狗，他說那隻狗目不轉睛地往我們的方向叫。最後，我們把東西收了收，嚇得上樓通通擠到了一個房間，打好地鋪後，我問，確定不是剛剛喝醉了嗎？沒人接話——好吧，睡覺！

父親一早就徵求過後母的同意，想去送母親最後一程。我的父母離婚幾十年來，很少有機會見到面，更談不上什麼「朋友」的關係。母親以前罵姊姊，最後都會來一句，妳就跟你們「鄭」家人一模一樣，然後永遠都會說我像「張」家人。

喪禮當天，車子的安排是我先載父親去接姊姊到現場，姊姊家的兩輛車，要留給姊夫跟融融分別去機場接人。我「準時」和「提早到」的習慣，遺傳了我的父母，姊姊愛東摸摸、西摸摸的個性，也不知道是遺傳了誰。一路上很安靜，怕開音樂吵到父親。父親雖然是一個很健談的人，但我不想主動打開話匣子，不然他又要開始長篇大論一番了。我們提早到了姊姊家，姊姊說馬上出來，我們都知道這「馬上」至少也要20分鐘以上，父親說沒關係，就在車裡等。

氣氛有點尷尬，我突然開口：「你愛過媽媽嗎？你和媽媽為什麼要離婚？」我不知道為什麼會蹦出這樣一個無聊的問題，這件事情對我來說真的一點都不重要了。雖然長久以來，都只聽過母親的說詞，而且就算父親現在說什麼，也未必就是「一定」。可能是在車上太無聊，可能是父親要送母親最後一程的這個舉動讓我有點感動。父親沉默了一會兒，說既然你問了，我就告訴妳，婚是妳媽媽非要離的。我心想，這我知道啊！母親在離婚後做的第一件事情，就是寫了一本書《我要活下去》，我有看，裡面都有寫啊！

「其實我們從戀愛到剛結婚，妳媽媽真的是一個非常可愛的人，她聰明、善良、風趣，我們門當戶對，妳都不知道你外公、外婆跟爺爺、奶奶相處得有多融洽，我們真的是人人羨慕的一對！但婚後，就越來越……」父親可能在想適當的形容詞，我說，沒安全感嗎？

父親答：「對！我本來不想說，唉，妳母親真的很沒有安全感，每天疑神疑鬼，懷疑東、懷疑西的，天天跟我吵。」

其實我當下很想替母親辯解，是你做得不夠好，母親才會這樣，你難道就沒有問題嗎？父親又說，人都走了，他也不想批評太多。

這時，姊姊出來了。

喪禮開始前，在門口見到了母親最好的朋友，住在三藩市的rosa阿姨，她盯著我一直看，眼淚開始嘩啦嘩啦地流，她說，妳跟妳母親年輕的時候，長得一模一樣啊！喪禮上放著母親平日的生活照，有和她最疼愛的融融，姊姊的小女兒婷婷，和姊姊、姊夫的，另外還有話劇社團的、跳社交舞的、母親年輕時的……幻燈片一張一張地放，卻看不見任何我和母親的合照。

主耶穌為我預備的一切，通常是我所想像不到的事。那天來的人數跟我們預期的差不多，原來在這個世界上，每天都有那麼多的人死亡。當時在rose hills我們希望安排在假日，更多的人有時間可以來告別，但顧得了這個，又顧不了那個，最後敲定的日期，竟然是我訂回程返臺的日子。

我沒有上臺致詞，也沒答應接受採訪。結束後，我安安靜靜地離開。上了飛機，回到臺灣的時間，剛好準備去定裝。

文學
LITERATURE
現代中文創作 CONTEMPORARY
Bestsellers 誠品書店暢銷書
Marilyn M

沉澱

# 榆情所往

雖然人生還沒有走到盡頭，但我覺得自己
好像是那隻在終點站贏了的烏龜；
或者他們是各式各樣的花朵，
而我就像是那顆不朽的榆樹。

# 逆境是人生最曼妙的風景

只要你渴望答案像渴望食物一樣，
這個答案有一天一定會吸引到你的身邊。
等到那一天的到來，
你發現其實已經沒有那麼重要了，
代表你已經走出來，這就是人生。

我從來都不認同一種說法，「唉，他這把年紀了要改變很難。」、「他這種個性，根本聽不進去。」這世上有些人會選擇用逃避，遇到事情了也不願意面對，過一天算一天，多一事不如少一事，到頭來可能還是不認識自己。每個人都有權利選擇自己喜歡的生活方式，旁人沒有資格去評論對與錯，否則就會很容易變成情緒勒索。只是很多人誤解了「人不為己，天誅地滅」的意思，都以為凡事自私一點，為自己著想就好。我認真去搜尋、瞭解這句話的真正意思，應該是指「人不修己，天地難容」。

每一個人都有他的課題，看起來很好的，不見得就沒有問題。如果你覺得你這輩子都不需要「修己」，我替你高興。多倫多大學心理學教授Jordan Peterson的著作《生存的12條法則》這本書，其中有一則是「批評世界之前，先整理好自己的房間」，看到這標題，讓我想到了一個人。

這位50幾歲的男性，有一份非常穩定的工作，從小家庭健全，求學時期到出社會工作，除了有一段非常短暫的婚姻，人生都算一帆風順。如今年過半百，不但有三棟無貸款的房子，也算存夠了進棺材之前都不用愁的積蓄。但是，他非常不懂得生活，他的家裡亂到可怕，不愛乾淨、不愛美食、不重視健康也不愛交朋友，至於興趣嘛，就是賺錢！不知道是勤儉還是對自己沒有要求，反正連鞋子穿到破了個洞，都懶得買新的。

有次他的女友做了一份班尼克蛋，那天的水波蛋特別完美，她問男人好吃嗎？男人回答：「蛋那麼貴，當然好吃。」她當時為了愛情選擇放棄自己的工作，經濟來源是暫時依賴男友，雖然聽了不舒服，但她告訴自己不要多想。加上這個男人從出社會就在銀行工作，對數字可能特別敏感。一次兩次，她終於忍不住想要好好地跟男人聊一聊，還沒開口，男人防禦性非常強，甚至大聲對她咆哮就像是失控的狗一樣。當下只要這個女人不回嘴，男人在事情過後都會道歉，但如果女人氣到一走了之，他會變本加厲！終於有一次，外出吃飯在餐廳買完單後，男人突然問：「妳有概念這一餐飯多少錢嗎？」她再也無法忍受了！

沒想到幾個月後，在他工作了十年的銀行，先是他所帶領的團隊，因為受不了他的脾氣而集體離去，這讓他感到錯愕，他自認一直對團隊成員很大方。接著，在工作上也因為一件違法的事情，導致男人丟了工作，甚至被迫離開那個圈子。這是他的人生第一次遭受這麼大的挫折，果真，自卑跟狂妄是一體兩面的。他一直都用金錢和物質來收買別人對他的尊重，他知道如果對團隊成員不大方，底下的人不會對他心服口服；他知道如果沒有支援女友生活費，女生不會放棄工作更不會花時間做早餐給他吃；他知道自己能力不足，否則不會做違法的事情來得到今天的位置。這是一種雙向的屈辱，他的心扭曲了。

老天爺突然奪走他的一切是為什麼？——我給了你這麼多，反正你也用不到嗎？還是說，你沒有離開過舒適圈所以對別人有強大的支配慾，就好像你不懂得在批評世界之前，先整理好自己的房間？

當我聽說了發生在銀行工作的這個人的事，其實是替他高興的，因為他真的不是一個壞人，他滿孝順，只不過身邊從來沒有人敢對他說出真正的問題。

我最常勉勵自己的一句話，就是「主耶穌不會給我所不能承受的苦」。每個人都一定要靜下心來，才能了解這件事情為什麼會發生在你的身上，就算你心靜不下來，只要你渴望這個答案像渴望食物一樣，這個答案有一天一定會吸引到你的身邊。等到那一天的到來，你發現其實已經沒有那麼重要了，代表你已經走出來，這就是人生。但如果你只是逃避不去正視這個問題，那麼同樣的問題會一直發生，或者是從你的身理上找出口。

在我看來，老天爺不但沒有奪走他的一切，還給了他一個「修己」的機會。當你了解離開舒適圈，人生才算是真正的開始，那麼逆境裡真的可以看到最曼妙的風景。

# 關於敏感、情緒與花精

每當不舒服去看醫生，
卻檢查不出來什麼病，
這件事情一直困擾著我……
如果你渴望一個答案像渴望食物一樣，
這個答案一定會來到你的身邊。

二〇〇〇年以前我經常生病，通常分為兩種，一種是我的扁條線隔三岔五就會發炎導致發燒，另一種是，檢查不出來什麼病的病。

小時候在外雙溪的家，住的是故宮博物院的宿舍，所有住戶都可以上博物院的醫務室做身體檢查和拿藥。白天時爺爺、爸爸、後母都在上班，奶奶一個老人家也不可能爬坡陪我到博物院的醫務室去看病，所以我常常要一邊發著燒，一邊努力地往上爬，迷迷糊糊之中還要躲在樹後，深怕被往下坡行駛的遊覽車撞到。可能人在虛弱的時候想法都會比較負面，兒時的我，常常希望自己乾脆就這樣被車撞死算了……好不容易爬到了醫務室，會有兩個輪班的護士鄭阿姨和劉阿姨，幸好她們都很疼我，讓生病了還一個人去醫務室這件事情，變得沒有那麼悲哀。

另外一種病，姑且稱它為「裝模作樣病」。小學的操場上常常會聽到「鄭家榆昏倒了！」這種突如其來的症狀，我可以理解成貧血，但不知道為什麼我還常常會想吐，在人多的地方，尤其在公車上或是假日好不容易父母帶著我和姊姊去西門町，我會在百貨公司裡忽然暈頭轉向，然後吐得一地都是。摸摸我的額頭並沒有發燒，吐完好像也就沒事，也難怪從小父親就不喜歡我，他常說我喜歡裝模作樣。在我很小的時候，頭還會莫名的劇痛，也會無緣無故地睡著（簡直就像昏迷一樣）……這麼多年過去了，我仍不知道為什麼會出現這樣的症狀。

年輕時住在美國，我曾經在化妝品專櫃打過工，沒客人的時候櫃姐們會互相串門子，你看看我的產品，我看看你的，大家交換樣品或聚集在某個櫃前，一起八卦哪些沒水準的客人，而我總是無法走到賣香水的區域，因為我會感到頭暈然後想吐。朋友都知道上我的車絕對不能擦香水，而我搭計程車也是，如果搭到放芳香劑的車就糟了，我會馬上找藉口下車。雖然現在我還是不太能夠接受「非天然的味道」，但如果說在使用花精之前，對氣味敏感的不舒服反應是10分，現在只有1分了。

我在另一篇文章裡提到，如果你渴望一個答案像渴望食物一樣，這個答案一定會來到你的身邊。每當不舒服去看醫生，卻檢查不出來什麼病，這件事情一直困擾著我，直到二〇〇〇年開始用花精。在認識芳療師怡君後，我才慢慢認識了自己的身體。我的體質不但比一般人敏感好幾倍，我的感知也異常地纖細，最重要的是，我心裡有過多的毒素，導致我的能量阻塞。所以人越多、釋放的磁場越混亂的地方，我就很容易被不好的磁場影響，出現嘔吐這種很直接的反應。我後來知道，很多人也有這種敏感的狀況，例如不喜歡太濃的香水味、討厭去人多的地方，或是吃了味精會感到不適等，但像我一樣反應激烈到會嘔吐的就很少，那是因為他們的心靈能量比較強，接受度比較高，反應也就不會那麼直接。而我心裡有很多的過不去，導致能量有堵塞的現象，通透性比較差，所以人多的地方因為有很多不同的頻率，我的身心很容易受到影響。打個比方，同樣的一句話，有安全感的人聽起來沒感覺，但缺乏安全感的人就會覺得話中帶刺。而花精就像是情緒的保養品，不同的花精可以處理其對應的情緒問題。

當時我還沒有運動的習慣，用了花精幾年之後，最大的改變是許久不見的朋友都說我的氣色變好，眼神變柔了。我不再無緣無故地睡著，也不會莫名地嘔吐和頭疼。這些改變並不是在我用花精之前就預料得到的，因為我的這些不舒服，沒有任何人包括醫生幫得了我，無論是以前在上學、工作還是拍戲，生病請假時我根本拿不出醫生證明來，因為去檢查什麼病都沒有！而你能想像，常常都感到疲憊的我，當了女主角拍ON檔戲（指邊拍邊播的戲劇），要靠意志力撐著，讓自己五天不闔眼面臨崩潰的感覺嗎？我在無助的情況下，遇到了芳療師怡君，我對她的信任程度是，她讓我用什麼我就用，雖然網路上有很多關於花精還有脈輪的文章，坦白說我自己都看不太懂。

我從花精的身上受益很多，直到現在家裡都會固定有一瓶花精，泡澡的時候，我會在「心輪」的位置滴上幾滴。我相信花精，但不會把它視為萬用仙丹，就像你一直吃得健康，偶而亂吃並不會對健康造成不良影響，或是你持續有運動習慣，就算偷懶幾天也不會馬上變胖。我對花精療法的知識可能也就比一般人多一點，但因為我持續用了21年，我想要用最簡單的方式，分享花精在我的身體上產生的變化。首先，你要相信大自然有一股神秘的療癒能力，如果你是「只相信醫學」的人，那麼花精不見得會對你有影響，當然，你也要信任購買的地方和喜歡這瓶花精的味道，更重要的是，如果你也是一個敏感的人，請好好照顧自己的情緒，不論是用什麼樣的方式去紓解，請記得「你值得更好的，並堅信無論你處於何種境地，人生都能重啟！」

# 我與身心靈課程

從小我就對自己的膚色很自卑，
在美國讀書的時候，
當同學都一直拿口紅來擦，
而我卻是一直拿粉餅來補。

我想聊聊一個影響我很大的人。

位於臺北市大安路上有一間私人的SPA「Green & Beauty Center」，我會知道這家店是經由「松松」陳松伶的介紹。在拍《星星月亮太陽》的時候，松松因為要來臺灣出唱片，跟劇組請了一段時間的假，等她歸隊回到劇組，很興奮地問我有沒有去過這間SPA，一直誇讚說有多舒服。在這之前，我是沒有接觸過SPA的，我只去過三溫暖，我對按摩的印象不是很好，聽說是因為三溫暖都是重壓，所以常常壓得讓我想吐。《星星月亮太陽》殺青後回到臺灣，可能是一下子鬆懈了，身體上所有的問題全都跑了出來，不但喉結旁邊長了一顆像小籠包般大小的硬塊，要一直跑醫院、吃藥，更是每天身體酸痛到不行。我忽然想到松松介紹的SPA，找出了名片預約，在一九九八年踏進這間SPA後，就和裡面的負責人劉怡君小姐結下了很深的緣份。

第一次見到怡君，她穿了一身全麻米白色那種很飄逸的衣服，脖子上還掛了一條有點像是佛珠又有點像是水晶的飾品，她給我的第一個印象有點像幽靈。店內裝潢走的是鄉村風，地方不算新但很乾淨，重點是，裡面有一種我從未聞過的味道，一個可以讓我極度放鬆的味道。每次預約，都是另外的芳療師為我服務，喔！忘了說，整間店裡就兩個人，我不確定怡君會不會幫人按摩，或她只是負責人，有一天到了SPA，因為一向都幫我按摩的那位芳療師在忙，咦，怡君要親自上陣為我服務耶！我從來都不是那種在按摩的過程中可以睡著的人，而且還是那種有點愛講話的，但怡君很少對我的話做出反應，就算有，也聽不清楚，她的聲音又細又小又輕，有點像是小時候我想像螞蟻說話的聲音。當她的手觸碰我身體時，很明顯跟別人不一樣，我簡直覺得舒服到要飛上天了！可惜我並沒有那麼幸運地能夠讓她每次都為我服務，因為我很少看到怡君在店裡，一問之下，才知道原來她都有在上課，會固定去臺中學「順氣」。

一晃眼兩年多過去了。到了二〇〇〇年，我拍完《懷玉公主》後一下子覺得自己的身體好像垮掉了，心力交瘁，老了10歲！但很幸運地知道了怡君開始有排客人做「順氣」和「花精療法」，在那之後，我都會固定預約她的課程。在怡君的巧手下，我永遠都會陷入半昏迷狀態，就這樣一兩年又過去了。那天的印象很深，也是幾年來我第一次聽她開口說那麼多的話，因為是閉著眼睛，我不知道她用了什麼東西在我的身上，半夢半醒中，我突然開始流淚，開始敘述過往，接著嚎啕大哭……這中間她都沒有開口說話，我不確定她有沒有在聽，但她的手很忙，一會兒觸碰我的身體，一會兒拿衛生紙給我，一會兒又餵我水喝。終於療程做完，她開口了。

「妳要改變你的飲食，妳的情緒跟你身體的不舒服有關，而你的身體跟你的飲食有關」。

「那我剛剛為什麼忽然會哭，我明明很舒服啊？」

「我滴了幾滴釋放花精在妳的胸口。」

「那是幹嘛的？」

「釋放負能量，但妳還是要養成營養均衡的習慣，不要急，先做到三分之二正常吃，三分之一妳還是可以隨著喜好吃，我們再慢慢來。」

說到飲食，我還真不知道什麼叫做營養均衡？我只有在11歲去美國前三餐有正常吃飯和吃菜，到了美國後，母親在這一方面沒有特別的要求，所以我都是隨意亂吃。15歲開始自力更生後，更不用說了，我就是一個外國胃，幾乎都吃速食、奇多或多力多滋，噢！想到這些零食，口水都快流出來了，我也超愛辛拉麵跟泰式酸辣泡麵。進了演藝圈後，看到別的演員都會帶一個保鮮盒，裡面裝了家人準備的水果，我就會想，「對喔，水果很健康」，後來每當我體力透支的時候，就會去買水果來吃。也就是說，在那之前，我不知道營養均衡很重要，也不知道人需要每天自然地排便（我們家的女人都有便秘的問題），更沒有聽過月經來完要喝四物。從小我只聽過要吃飯才有營

養，但沒有聽過要「飲食均衡」才會健康！

我一直以為只要吃進食物就是健康！但我不知道為什麼，我就是很信任怡君，他從未推銷過他店裡的任何一樣產品給我，他說的話常常都一針見血！所以一開始要我改變飲食的習慣，尤其是在演藝圈，其實是有點難的，但我會盡量往那個方向去做，我不敢說我有做到三分之二正常飲食，但至少我會開始去誠品買養生的書來看，學習如何煲湯等⋯⋯也不再依賴減肥藥。不知不覺，有人誇我的身形變得不一樣了。但膚色，總是令我困擾⋯⋯

從小我就對自己的膚色很自卑，在美國讀書的時候，當同學都一直拿口紅來擦，而我卻是一直拿粉餅來補。我一直以為我的皮膚是那種又黃又黑的，但套用我的芳療師怡君的說法，我不是皮膚黑，是暗沉，是不透，是烏烏的。每次她幫我做了順氣療程，或是幫我用了花精，我的氣色就會變得又透又白，但隔了幾個小時後，又會打回原形。

有一天，怡君突然說她報名了一個「身心靈」的課程，問我有沒有意願一起去？我雖然不知道那是什麼，但我毫不猶豫地答應了。記得第一次去上身心靈課的時候，教室裡的人還挺多的，我跟怡君被分配在不同的位子，看到大家都拿出紙筆，有點慎重的樣子。接著老師開始說話了，我印象很深刻，他說每個人都會莫名地被種下一顆「無名種」，就像是植物萌發之前的種子，好比，小明的雙親因車禍死亡，小明在靈堂上哭到泣不成聲，這時小明的外婆來到小明身旁，安慰他說，小明啊，不要再哭了，不要難過，你還有外婆，外婆會照顧你「一輩子」。

人在傷心欲絕或是極度恐懼的時候，會輕易地被種下一顆「無名種」，而「一輩子」這三個字就是「無名種」。因為太脆弱，因為不夠理性，很容易把外婆說「會照顧他一輩子」的這句話信以為真。可是世界上根本沒有「一輩子」這件事，外婆也會生病，也會死，等外婆離開小明的那一天，小明就會「崩潰」，也許別人察覺不出來，甚至連小明自己都沒有意識到，但他的內心已留下一道傷痕，已累積了負能量，已被種下了一顆種子。

還有一個例子是，蘿絲跟一個常常毆打他的男人在一起，每當這個男人對蘿絲爆粗口，甚至拳打腳踢的時候，蘿絲沒有反擊，只是害怕到一直的哭，這時男的如果說，妳怎麼那麼賤這一類讓蘿絲感到自卑的話，她就被種下了一顆無名的種子，蘿絲會認為自己真的很賤，真的該被打！就算有一天她成功地離開了那個男人，之後她還是會碰到相同的問題，因為她覺得自己不配遇到更好的男人。

老師還說，如果把人生比喻成一顆洋蔥，外層是現在，越內層是越小的時候，人的一生，從出生開始算起分別有幾個階段，童年、求學、談戀愛、出社會工作、結婚生子、面對生離死別……每一個階段甚至每一天，我們都有可能累積了一些負能量，可能會在無形中被種下一顆「無名種」。而每個人可能會有好多不敢正視的過去，深怕切到越內層的洋蔥，越會淚流不止。我記得當時在課堂上有人哭了，雖然我的哭點很低，但我並沒有哭，對於老師的話，我似懂非懂，但充滿了好奇。下了課後，我決定報名，我繳了費，我想要知道接下來是什麼樣的課程，是怎麼樣的一個療法。

等到我再去上課的時候，有一位跟上次講課不一樣面孔的人，把我帶進了一個差不多只有三坪大的房間，他解釋接下來的課程，是要與我進行一對一的解讀及療癒，引導我跟我的靈魂溝通。老師開始讓我閉上眼睛，要我試著回溯到我的「前一世」，我必須老實說，我真的不記得他當時說話的內容，不記得他是怎麼樣的一個引導，但我很確定自己當時眉頭深鎖，很努力地想要配合他，想讓自己有「前一世」的畫面，可是我完全沒有辦法集中，反而思緒飄到以前在美國工作的時候，曾經碰過一個通靈的義大利人，他幫我算過命，說我是「young soul」，就是我只來到過世上七次，而且七次都是女人。

一對一的課程共十堂，眼睛閉著時，我就在想，十堂課是都要回溯嗎？如果我只有過「七世」，七世之後是什麼樣的景象呢？突然間，我看到了一個古裝扮相的自己，不是宮廷的扮相，也不像是有錢人的樣子，是拿著劍，像是俠女的扮相。等到我跟老師描述完我「前一世」的整個畫面，比方說，我衣服的顏色、當時的天氣、我站在一堆沙子上，沒在做什麼，是一個人……。就這樣，一個小時過了，課程結束後，睜開眼，我也不記得老師做了什麼樣的解讀，走出了房間，在回家的路上，我反覆問自己，真的是老師引導我進入我的「前一世」嗎？我的確有拍過戰國時代的戲，也有飾演過很懂劍法的角色，確定這不是自己拼拼湊湊硬擠出來的樣子？沒關係，反正下次去應該就有答案了！

第二次去的時候，一樣的老師，一樣三坪大的房間，一樣的流程，一樣眉頭深鎖很努力的想要擠出畫面的我，結果又是一個古裝的扮相！我開始好奇別人浮現的都是什麼樣的造型？這真的不是因為我演過太多的古裝戲所投射出來的景象嗎？等第三次上課的時候，這次我很快地有了一個畫面，一個日本扮相的「我」出現，前兩次是古裝，是外景，但這一次，我是居酒屋裡的服務生，畫面只看到了一桌的客人，而且是坐在塌塌米上，我正要端清酒給他們，我很清楚看見我端著托盤，上面有裝酒的小瓶子和酒杯，都是白色。整個場景不像現代，有點像一部日劇《阿信》戲裡的畫面，我也是「阿信」的扮相，隱隱約約，好像看到我的母親也有在畫面裡。這下好了，我又開始糾結，雖然我沒演過日本人，但我曾在餐廳裡打過工，我超會用一隻手端托盤，而回溯到「前三世」裡的居酒屋，最清楚的就是我端托盤的樣子。

這些畫面真的不是自己想像出來的嗎？我還是不記得老師說了什麼話，但我知道這三堂課我並沒有睡著，因為我的思緒常常飄啊飄的，飄到別的地方。第四次上課，老師要我回溯在母親胎腹中的樣子，還能什麼樣子？我就想像電視上演的，超音波裡的畫面，胎兒蜷著身臥在母親肚子裡的樣子，可是這次比較清楚的是，我從母親的肚子裡順著視線看到了肚子外，再順著視線看到母親穿了一件孕婦裝，在外雙溪家的主臥室來回踱步，很焦慮。我開始哭，因為我覺得母親焦慮的原因是因為她不想生我——父親是獨子，有傳宗接代的壓力，我上面有一個姊姊，在我之前母親流掉過一個小孩，我主觀意識認為，那個畫面就是她不想生我……我的母親不想生下我！等我睜開眼睛，發現自己哭到前胸的衣服都濕了。

怡君說，她會想要讓我接觸身心靈課程，是因為她覺得我的內在有某些遺憾和憤怒，有一些比較負面的情緒，所以想藉此讓我了解一下為什麼會有這些情緒的存在。也許當時老師的確有做一些解讀，但我心有餘而力不足。走出教室，我全身無力，哭到眼睛幾乎看不見，我不喜歡那種感覺，也不喜歡那樣的自己，我再也沒有辦法踏進那個三坪大的房間！

# 再次做了逃兵

第六次上課的時候，老師要我們選一個音開始清理「童年」，當時老師是坐在我右邊的方向，我還是一樣躺在一進門口的地方，當我發聲發到一半，我的眼淚唰唰地開始不自覺的流，流到兩側的頭髮都濕了。

雖然未能完成那十堂課，不過只要我沒有去大陸拍戲，還是固定會預約怡君做療程，也會買不同顏色的花精，滴在我的「七輪」，也有做到正常飲食。慢慢地，我的氣色變得比以前好很多了，連美國回來的朋友都會問，我是在哪裡做的「醫美」。一轉眼幾年又過去了，當時我是息影的狀態。有一天，在住家附近的一間咖啡廳遇到了一位老朋友，很興奮地一屁股坐下來跟他聊起了天，聊這聊著又聊到了身心靈的話題，而且是他主動打開話匣子的，他滔滔不絕地敘述了他的經驗，我也分享了我之前沒辦法把課上完的事。原來身心靈課程有很多不同派系的，他描述的跟我之前唯一去的那次好像有點不一樣，引起了我的好奇心，我要了電話，莫名地又報了十堂課，我想再去體驗一下！

這一次，上課地點有點像瑜伽教室，約15坪大的地方，地上鋪滿了瑜伽墊，老師姓黃，誰先到誰先選位置，我選了靠近一進門口的地方，坐在瑜伽墊上。等人數都到齊了，算一算大概只有八個人。這時我注意到在房間的另一端，有一男一女，因為是唯一的男生，所以我特別看了一下，當我瞄到他旁邊那個女生時，很年輕，應該只有二十出頭，吸引我多看她兩眼的原因是，她看起來好不快樂。她的膚色跟當年怡君形容我的膚色一模一樣，感覺很「沉重」，甚至更糟！還有很深的黑眼圈（天啊！他不會是被旁邊的那位先生家暴吧？）但他們兩個的年齡看起來，又不像是夫妻。

接著，黃老師開始講解了，他說待會兒請大家先平躺下來，照著他的引導去做，這是「聲療課」，每一個人要從「a e i o u」這五個音，直覺地選一個音來發聲。躺下後，老師說，現在開始「清理」這三天發生的事情，然後發出自己聽得到的聲音就好。我選了「a」，當我閉著眼睛，輕輕發出「a」的聲音時，那種感覺讓我想到了上瑜伽課前或課後會唱的「OM」，像梵咒，像會震動的聲音。中間因為忙著換氣，腦筋裡也沒特別去想什麼事情。

結束了「三天」的清理，老師又說，現在再選一個音，然後清理這「三個月」發生的事情，這時我很想舉手問老師，腦中是需要有畫面嗎？然後我偷偷睜開眼睛，看到每一個人都很平靜地躺著，而老師則是在教室裡來回走著。老師忽然瞄到我，我作賊心虛趕快又把眼睛閉上。之後又換成了「三年」的清理，就這樣，一堂課也結束了。

第二次再去的時候，同樣的學員，但沒有看到那對男女中的女孩。那個男孩還是選擇坐在最末端的位置，我也還是坐在一進門口的地方，我聽不太清楚他跟別的同學說了些什麼，但傳到我耳朵的時候，居然是那個女孩在上完第一堂的聲療課後，就進了急診室！原來她是在拉麵店打工，而男的是老闆。大家都在紛紛議論，「怎麼會進急診室的？是因為上了聲療課嗎？太不可思議了……」這類的話。我想到了自己，想到當年待在那3坪大的房間裡，在第四堂課後，也是人很不舒服，也是很抗拒，也是無法再面對……所以那個小女生的氣色會引起我的注意，不是沒有原因的，她到底是經歷過了什麼？讓她在「第一堂」結束後就進了急診室。但我相信，我相信她不舒服到需要去急診室是真的！

後來的課，一樣都是用「a e i o u」其中的一個音來清理過去，沒有一定時間上的順序，「發聲」的過程中腦海中也不用特別想什麼，就是照著老師的口令去做，上課過程我沒有流過眼淚。有一堂讓我印象比較深刻的課是，老師要我們想像自己是嬰兒，在一個金色會發光的蛋殼裡，然後放在媽媽的肚子裡，那堂課我也沒有哭。就這樣一直到第六次上課的時候，老師要我們選一個音開始清理「童年」，當時老師是坐在我右邊的方向，我還是一樣躺在一進門口的地方，當我發聲發到一半，我的眼淚唰唰地開始不自覺的流，流到兩側的頭髮都濕了。我當時很想放聲大哭，長年以來，我都是獨居，有時候看劇或是傷心難過時，我都會讓自己「哭出來」反正也沒有人聽到。但在教室不一樣，我怕吵到同學。我開始憋到快不能呼吸了，我側身轉向右邊，就是老師的方向，因為同學們都躺在我的左邊，我蜷起我的身子，雙手環抱住自己的胸口，眼淚還是無法控制地流，瑜伽墊都是我的汗和淚。我想老師應該是看到了，就這樣，我一直憋著不敢放聲大哭出來。

課一結束，我坐起來馬上背對著同學，我是那種一哭眼睛就會腫得像核桃一樣，加上我的樣子一定很狼狽，覺得很丟臉。老師輕聲地對我說，待會妳留下來。等同學們都離開後，老師問我，「是童年嗎？」因為在清理童年之前，有別的階段，老師想要跟我確認，是在清理「童年」後開始流的眼淚。老師沒有多說什麼，我永遠記得，他只要我買一瓶可以泡澡的沐浴乳，一瓶像Hello Kitty那樣粉紅色的沐浴乳，一瓶看起來很不「天然」的沐浴乳，一瓶完全就不是我會買的那種東西。但因為不貴，我當時也實在沒有力氣說「沒關係」，我就把它買回家了。

聲療課都是在晚上，回到家後，我倒頭就睡，也沒功夫用那瓶顏色對我來說有點恐怖的東西。到了第二天，奇怪的事情發生了，我居然下不了床！那是比宿醉還要辛苦十倍的感覺，除了沒有想吐以外，我很難形容那種全身無力、眼睛幾乎看不見，眼前一片煙霧……我從來都不是會賴床的人，就算宿醉，我也無法一直躺在床上。可是那天，我就是下不了床，除了跌跌撞撞去上廁所以外，我一天沒有進食，一天沒下床。我沒有哭，也沒有驚慌，我想到了去急診室的小女生，我知道這應該是必經的過程，我讓自己放寬心。那天覺得時間過得好漫長，到了第三天，我可以下床了，我打了電話到黃老師的教室，是助理接的，我告訴助理昨天發生的事情，他沒多說什麼，只說不舒服是正常的，要我多用那瓶沐浴乳，還說要不要下一次見到老師的時候，再詳細地說明我的感受？並提到用彩油做一個「家族排列」的清理。

一個星期後，要去上第七堂課的當天，我開始膽怯，甚至有點反胃，想到了助理提到的「家族排列」又有點反感，覺得她是想要推銷更多課程來賺我的錢，我給自己找了很多的藉口。我又再次逃避了，兩次的身心靈課，我都沒有辦法上完。如果沒有記錯，那時是二〇一二年。

# 鏡子

曾經那個每天都覺得活著很痛苦，更不用說覺得自己漂亮了，皮膚永遠都是黯沉的，下巴長不完的紅腫型痘痘⋯⋯。即便上了再濃的妝，也遮蓋不了我對自己內在和外在的不滿。

自從有了老花後，我便很少自己化妝了。

今天按照慣例出門要去定裝前，用毛巾包著剛洗好的頭髮，塗上敷臉霜，等待20分鐘後洗淨。看著鏡中的自己，拿起化妝水輕輕拍打皮膚。我從來都沒有辦法用超過三瓶以上的保養品，我的皮膚會跟我反應，說它不能呼吸，但也可能是我懶。接著再用精華液，等待吸收的時候，我會用10倍大的鏡子拔拔我的眉毛，然後眼霜，最後才塗上面霜。不知道從什麼時候開始，我可以凝視著鏡子這麼久……合作過的鄧安寧導演曾經對我說，「妳是我見過最不愛漂亮的女演員，我看妳從不照鏡子。」

每個專業人士在見到人的第一眼，好像注意的地方都會不同，牙醫的直覺反應會注意你的牙齒，髮型師會關注你的頭髮，攝影師在看東西的時候，都只看到「畫面」。而我身為一個演員，又是女人，不照鏡子的確有點奇怪。

tvcapower 27

但是導演只說對了一半，我其實也愛漂亮，我只是不喜歡照鏡子。以前常聽到家裡的長輩看到了洗出來的照片，或者是現在用手機拍照，都會說「唉，醜死了，真的是老了」。照片裡看到的皺紋，就像自己在照鏡子時的心情，一樣是騙不了人的。

曾經每天都覺得活著很痛苦，更不用說覺得自己漂亮了，皮膚永遠都是黯沉的，下巴長不完的紅腫型痘痘……。而我這種看到內衣褲上有一根線頭，都要把它剪掉的人（或是出門在外看到衣服上有線頭就忙著找剪刀），即便上了再濃的妝，也遮蓋不了我對自己內在和外在的不滿。無論是進演藝圈之前做化妝品銷售還是當演員，這兩個跟「美」有關的行業，我只能選擇用力地銷售，用力地演出。

回顧我前面的人生，我從來都不是一個有企圖心的人，但我知道自己從小有一個很大的問題，就是會羨慕別人，羨慕到很悲傷的程度。因為這個羨慕，可能讓我變得很虛榮，導致我人生做錯了很多的選擇。看似我的人生好像現在什麼都沒有，但只有我自己心裡清楚，我擁有太多別人沒有的。晚上睡覺前我都會反省，一次一次的錯誤，讓我一次一次地受傷，也讓我一次一次地改變，即便是很微小的事情，我好像每天都在跟自己拔河，好像每天都想戰勝撒旦。

無形之中，我忽然發現我的內心變得無比強大，我無法形容那個感覺，就是這個世界上無論發生什麼事情，我都可以看得很開、看得很淡。而我人生所有的經歷，好像是上天特別為我安排的，因為祂看到我可以從這些逆境中找到答案，找到我人生中的使命。回顧過去，那些都好像是命中註定的「過程」，好像是主耶穌知道我具備這些能力才讓我去做的，而最終的目的，是藉由自己在工作上努力而得到的成績，一點一滴累積自己的信心，再藉由挫折，讓那個只來到這世上「七次的我」迅速地成長。

就像網路上常看到的文章，人都會老，如何在老的時候散發出由內而外的自信……兒時的我，年輕的我，十年前的我，現在的我……真的越來越好。就像母親寫了一半的手稿「人生多美麗」，是啊，人生多美麗啊！直到如今我還是不覺得自己漂亮，但今天的我，能夠在鏡子面前莞爾一笑。

# 變得更勇敢

我深信「沒有跟著你一起成長的人，
自然而然就會消失在你的生命中」，
那麼再次出現在我生命中的人事物，
對我都是有啟發的吧？

很多人告訴我，我給人的感覺看起來很自信。

也有不少人說，他們對我的第一印象是高傲。

姑且不討論是不是下意識武裝出來的，這個部分涉及的範圍太專業也太深奧了！似乎每個人都有自己想要呈現在大眾面前的那一面，我卻從來沒有想過要呈現什麼樣的自己。只是年輕時不懂人情世故，加上「晚熟」的性格讓我在人際相處和應對上太過直白，因此給人一種「也許有距離感，也許不太好相處」的印象。如果要我用一句話來形容自己，那大概就是「很直接也很笨」為什麼說自己笨呢？因為我是個很容易「忘記教訓」的人，即使讓自己傷痕累累也不知道要怎麼改變，這或許也算得上是一種笨吧。

年幼時我曾經被魚刺卡到喉嚨，嚴重到送醫急診，但第二天，我又可以馬上吃魚，絲毫沒有陰影。我不但缺少防備的心，甚至可能還給別人再次傷害自己的機會。從小我就是這樣的性格，是那種上1秒你打我，下1秒給我糖吃，我只會記得糖的甜（這裡先不論是不是已經在心中留下傷痕）；小時候我很愛分解家裡的筆，每次弄壞了就會被責打，即便我知道會被處罰，可是下次碰到構造不一樣的筆，我的好奇心又會驅使我想要拆解看看，甚至會想這一次也許我可以把筆復原……不論「情」也好，「人」也好，「事件」也好，不管我覺得被傷到多少次，總是好了傷疤忘了疼。

人與人之間也是一樣，我相信每個人都會變，壞人也有可能變好，所以我會好奇——再次見面的他有沒有變？上次他傷了我，不代表這次還會傷我，或者是我想證明，有沒有可能上一次覺得被傷害了，其實是我自己的問題呢？我深信「沒有跟著你一起成長的人，自然而然就會消失在你的生命中」，那麼再次出現在我生命中的人事物，對我都是有啟發的吧？我常跟朋友說，過了40歲根本不需要算命，每個人都可以是巫師，每一個人都應該要知道自己的問題在哪裡，並且有一套治癒自己的方法。寫作，就是我在50歲時自我療癒的方法。

小學同學聽到我在寫作，說我好勇敢，這輩子他是第一個這樣對我說的人，我只有聽過別人說我堅強。第一個說我勇敢的是鄧惠文醫師，就在八年前的一個電視通告上，其中一位來賓曾經是新聞媒體人，談話時莫名其妙地又扯到我過往的戀情，我為了制止他便直接說：「可以不要再討論這個話題了嗎？那段戀情我花了五年的時間才忘記。」下了節目，鄧醫師突然說她好欣賞我，我有點受寵若驚，因為我很喜歡她。我問鄧醫師為什麼？向來別人都是批評我，說我太直，容易得罪人，可是鄧醫師卻說：「我覺得妳一定是一個很勇敢的人，妳敢為自己負責。」說實話，當場我很想大哭，我也問過自己無數次，如果不是環境把我逼得這樣，我還會這麼勇敢嗎？

PAP

那一天，為了拍攝書中需要的照片，約了小學同學Adam去外雙溪的老家，我在至善路二段，曾經母親每週六中午在巷口等我和姊姊的地方下了車。順著單行道往裡走，我以為自己一路上會有很多的情緒，殊不知已走到了1號，然後很快地又走到了童年時住過的19號，而我，竟然是出乎意料地平靜，腦海裡完全沒有浮現出一絲不好的回憶，更沒有想像中的悸動，只覺得路程怎麼會那麼短，一戶連著一戶的兩層樓宿舍怎麼會變得那麼矮？之前聽姑姑說，還是有一些老鄰居住在那裡，但路途中我沒看到任何的人，也看不到美麗的花草和樹木，唯一不變的只有泥地上的蚯蚓。

當年我們是唯一在門外隔上一道紗窗門的住戶，之所以多加一扇紗窗門，是為了防雨，我記得每逢下雨的時候，奶奶就會說：「快把窗戶關起來，不然會潲雨進來。」如今紗窗門也被拆掉了。盯著眼前的房子，紗窗門改成了兩邊各一半的石子牆，活生生像兩座墓碑牌，只差上面沒有寫字，那一瞬間童年時對這房子的恐懼似乎又浮現心頭，但緊接著竟然出現一種「我贏了」的感覺，這棟曾經讓我每天都想逃離的房子，再也禁錮不了我……這些往事歷歷在目，看著眼前的老房子，被蚊子猛地叮了一口，這又疼又癢的感覺提醒著我，該走了！

韶光易逝，我迎來了50歲生日。

以前父親老掛在嘴邊的話是「唉，時間真的是不夠用」，小時候最期待的寒暑假好不容易來了，卻總是咻地一下子就過完了，美好的時光真的這麼快就流逝嗎？如果把活著的時間專注在當下，細細體會，人生美好的事物一定比不好的多吧。母親是66歲離開人間的，如果我只剩下16年的日子可以活，我會希望餘生是什麼樣子？我還是會好奇人性，好奇這個世界吧，也許，我始終就只是一個臍帶沒有跟著一起出生的小孩而已。過往的那些不快樂，未被妥善對待的童年傷痕，真的一點都不重要，每天早上一睜開眼睛只要把今天過得好，讓今天的自己比昨天的自己更好，那才是最重要的！

不管這個世界如何變化，我還是會不斷地改變自己，成為更好的人。讓自己更平和也更勇敢，有力量地一直傾聽我內在的聲音。

# 活得完整，而非完美

來到這個世界上的使命，
好像就是要認識自己，
我從凡事要求完美把自己搞得很痛苦，
到現在懂得接受自己的不完美並了解，
人要活得「完整」才是最重要的！

這輩子想都沒有想過我會出書。

因為疫情的關係，我常常跟定居上海的芳芳姊通電話，一通就是好幾個小時，有一天她突然說：「妳應該把妳的故事寫下來出一本書，會是一本好看的書。」40歲以前我的確會把一些想法用寫的記錄下來，但自從有了臉書、微博和IG這些社交軟體，「寫」這件事情早已變成是附加在照片上的文字罷了。我閱讀很多有關身心靈的文章，我也相信冥想靜心釋放和隨時隨地「清理」自己的重要。但我小學沒畢業就去了美國，我不認為我真的學好了中文，加上做什麼事都很在意質量的我，真的能夠寫出好的文章嗎？

芳芳姊鼓勵我：「反正疫情在家也沒事做，就當抒發嘛！況且，妳一定有妳母親寫作的基因。」於是從兩百字開始寫，到一千字後又不知不覺寫到八千字，我卻病了。那幾天身體的感受就像上完身心靈課一樣，而我想放棄

SNOOPY &
CHARLIE BROWN

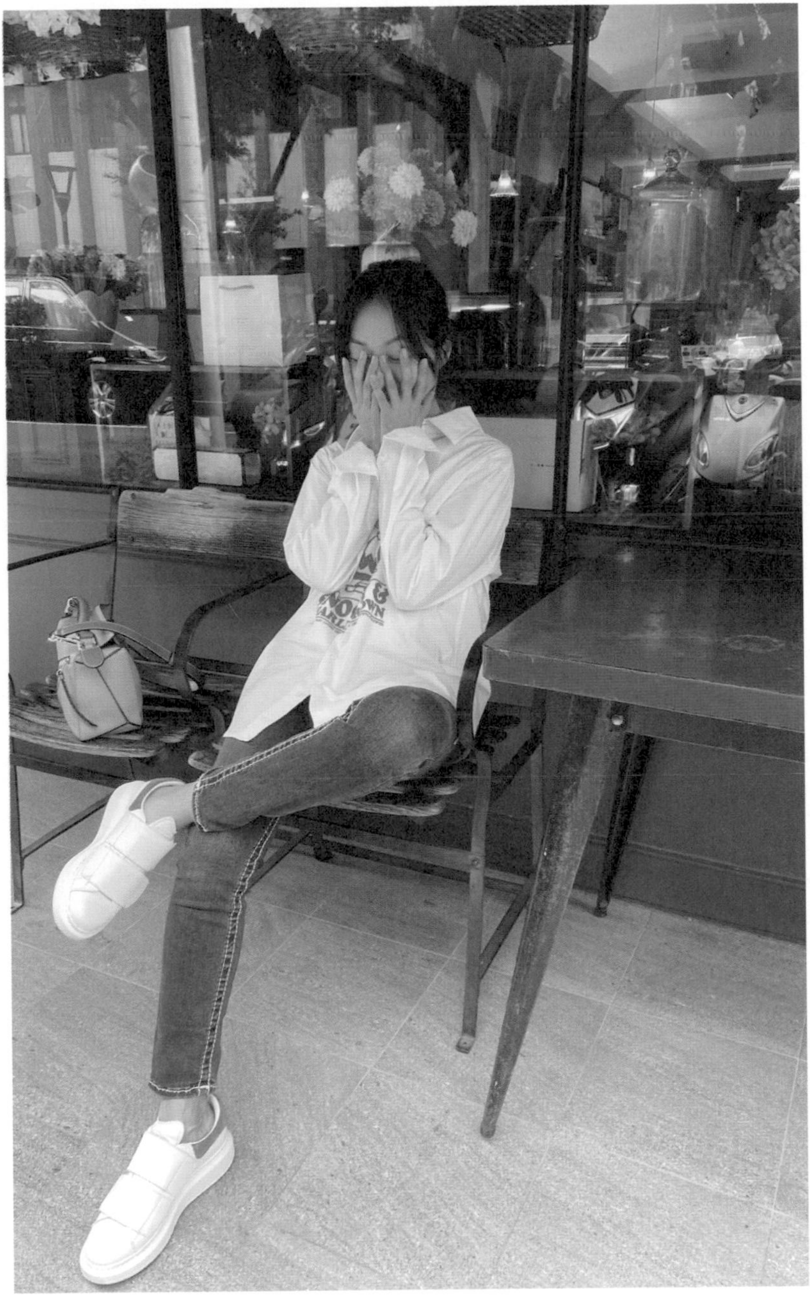

寫作的念頭，也跟當年無法把課程上完一模一樣，就在這時，經紀公司打來了，說出版社想要找我聊一聊。那天我特地選了一件自以為很文青的衣服，來掩飾我文筆的不足，見到編輯，我第一句話就說：「我很自卑，我知道我既不是林青霞也不是蔡依林，更不覺得有人會喜歡看『賣火柴的小女孩』的故事，如果我真的會出書，我會希望這是一本有溫度的書。」

還記得我剛從美國回來的時候，大家都叫我Carol，當第一次聽到有人直呼「家榆」，我會因為覺得彆扭而起雞皮疙瘩。也不知道從什麼時候開始，已越來越習慣聽到家榆這兩個字，尤其當別人問妳哪個「榆」？我甚至會有一種莫名的優越感說「是榆樹的榆」，我很喜歡這個「榆」。

一轉眼，已經50歲了，我曾經想過時間憑什麼過得那麼快？每一段愛情都讓人傷痕累累，在我很小的時候，就經歷過生離死別，在這個世界上，最愛的人也都離開了人間，我不知道一個人過了多少個聖誕節、跨年、除夕夜、情人節……並不是沒有地方可以去，我只是習慣了孤獨。

可能是韓劇看多了，現在連中途去上個廁所，不需要按暫停，也都知道大概在演什麼。「肯洽那呦、肯洽那呦」，我一直覺得韓文的「沒關係」比中文比日文比英文聽起來都還感傷。就好像有人一邊抱著我，一邊拍拍我的背說「肯洽那呦」，我可以馬上大哭一場，釋放心裡所有的委屈……

我是後來才慢慢了解，當年上節目時，鄧惠文醫師對我說的「妳敢為妳說出的話負責」。

50歲開始寫作其實是一個很尷尬的年齡，很多事情都已經淡忘，不會用情緒激動的方式來敘述過往，甚至覺得沒有談論的必要。雖然當我拿出稿紙和筆，那枝筆就像巫婆的魔法棒一樣，讓我寫到整張稿紙都可以濕掉，但那是一種不帶批判、自憐或自愛的情緒，只是眼淚無法控制地流下，擤鼻涕擤到人中都脫皮。

我一直以為，50歲以前的自己像是龜兔賽跑中的那隻烏龜。因為晚熟，很多事情我比周圍的人都還慢知道，我覺得每一個人的人生，應該都是從「不知道↓知道↓改變」這個過程去經歷。可能是疫情的關係，朋友之間從傳簡訊變成通電話，從沒聯絡變成有聯絡。得知在這段時間裡，有人經歷了病痛、死亡、甚至因為疫情封城無法自由移動的焦慮，與朋友們有了更深入的交談，從沒發現到發現，從瞭解到不了解，從不確定到更確定，我才恍然大悟原來在身邊多數人的人生，都是過著從「不知道↓知道↓不改變」，或是不知道要怎麼改變。

雖然人生還沒有走到盡頭，但我覺得自己好像是那隻在終點站贏了的烏龜，或者他們是各式各樣的花朵，而我就像是那顆不朽的榆樹，這麼說不是揶揄，而是想大哭，因為只有我自己知道，在這場比賽中付出了多少慘痛的代價。從小時候到年輕時，我總是一直羨慕別人，我只看到了別人身上我所沒有的，但忘記了老天爺是公平的，就像每一個人一天都只有24小時。

回想前半生，我的人生還有好多進步的空間，曾經我做錯了很多的事，浪費了很多的時間，我覺得被傷害，但無形中也傷了很多人……沒關係，現在彌補都還來得及。小燕姊曾經在節目上問我：「人生要的是什麼？」當時，我從未懂得它真正的涵義，現在我懂了。來到這個世界上的使命，好像就是要認識自己，現在的我真的做到了！我從凡事要求完美把自己搞得很痛苦，到現在懂得接受自己的不完美並了解，人要活得「完整」才是最重要的！

我真的很喜歡在某個地方看到的一段話。我們在人生的旅途中，忙著認識各種人，感覺像是豐富生命，可是真正最有價值的，到頭來還是認識自己，最該努力追求的，認真經營的，就是鋪出一條找回自我的道路。

後記

# 但是媽媽，對不起——寫給母親的一封信

媽媽，您好嗎？

您都是用什麼方法從美國來臺北看我的呢？您一定知道這幾年我又開始拍戲了，看到媒體報導我「淪落為一個跑龍套的」，您一定著急到就像當年我拍《懷玉公主》看到報紙寫我NG五十幾次，還特地飛到無錫找周遊吃飯吧？對不起媽媽，總是讓您擔心，但我現在真的很好。也許您不知道，因為您後來信了佛祖，所以主耶穌沒有辦法告訴您，其實現在的生活，是我向主耶穌求來的。

從小到大，每個人都說我長得像您，感覺也像您，您也常說我像您們張家的人。但是媽媽您記得嗎？七〇年代您是一部電影叫做《花非花》的編劇，筆名夏露，當時還帶我跟姊姊去電影院看電影。您為了體驗劇中的角色下海當舞女，聽說上了新聞頭條。您跟爺爺、婆婆為了這件事情還鬧家庭革命，在那樣一個保守的年代，您就敢有這樣的作為，也許，您並不像任何人……小時候隱隱約約聽到大人們談論這件事情，其實我真的沒什麼感覺，爺爺和婆婆也從來沒有在我面前說過您的一句不好。過去四十幾年來，我更沒有把這件事情放在心上。媽媽您一定也知道我最近在寫作，回顧人生的過程中我開始好奇？您本來是新民國小的老師，離婚後開始學寫作，除了本來就文筆好，您會有這樣一個大的轉折是為什麼呢？雖然以前好像聽您說過當老師賺不了錢，而您想要賺更多錢，除了這些還有沒有別的原因呢？

媽媽，我對您的記憶其實只有從每個星期六中午在外雙溪的巷口，您坐在計程車裡等著我跟姊姊走出來開始，您會帶我們去百貨公司逛街，把我們打扮得像小公主，您會帶我們去兄弟飯店飲茶，帶我們吃西餐學習使用刀叉，吃我們從來沒有吃過食物，晚上回到您的住處到第二天，您會任由我們玩化妝品，讓我們有吃不完的零食。那段日子雖然很短暫，卻好快樂。我不記得您是什麼時候去的美國，但我記得很清楚，每個星期您會有一天打電話到鄰居家，然後我會想盡辦法溜到他家等您的電話。只要您有朋友從美國回來，您就會託他們帶黏土和洋娃娃給我和姊姊。原來您早就規劃好一切，您賺錢是為了去美國，等安頓好再找機會把我們接去，您做這些都是為了我們，對嗎？

在把我和姊姊接到美國之前，您有回臺過一次。我記得很清楚那天晚上在爺爺婆婆家，我和爺爺在臥室的床上躺著，隔著一道牆就是客廳，我真的不記得我犯了什麼錯，總之您不停地在客廳講我，我在房間裡想像的畫面就是，婆婆安靜地聽您一直在講話，您忽然來了一句「她這個小孩就是欺善怕惡」。我不知道自己做了什麼，要讓您用這四個字來形容我，爺爺一定也聽到了……房間的燈光是暗的，我轉身背對爺爺，爺爺忽然抬手找我的臉，再找到我的眼睛，發現濕濕的，他拿起扇子幫我搧著，然後嘆了好長的一口氣。儘管這樣，那時候的您還是讓我好崇拜，您好漂亮、好時髦，還嫁給了一個外國人，在我的心目中您是全天下最酷的媽媽！

小學六年級的春假，您把我和姊姊接到了美國，因為您能在那個時候請得了假，即便只剩兩個月就就畢業了，您還是想安排我和姊姊趕快入學、學習英文，外國的爸爸也對我們很好，但是不知道為什麼，沒幾個月您們就分開了……接下來我們三個人的生活雖然跟想像中的不太一樣，您一個人要撫養我和姊姊，沒有辦法像之前在臺灣接我們去住的週末，想買什麼就買什麼，您也因為報社工作忙，常常不在家，我真的也沒太在意，怎麼樣都比跟爸爸

待在一起好。之後家裡發生了一些事，也許您一個女人真的不知道要怎麼解決，您很煩，這跟預期把我們接到美國後的生活完全不一樣，我懂，我都懂……但是不管是什麼，您每一次罵我和姊姊，都會用很強烈的字眼，聽了比被打還要痛的字眼……我從來都是一直掉眼淚、不頂嘴，反而是姊姊，從來不哭還會反抗。那一天，姊姊離家出走了，您花了不知道多久的時間找到她，您擔心到要我轉學，就為了搬去姊姊住處的附近，雖然我當時真的很愛我讀的學校，卻不敢說不。

轉學後，我們母女兩住在一房一廳的公寓，爭吵越來越多，我也越來越怕您。直到有一天早上，您記得嗎？那是我期末考的日子，我在廚房弄早餐，您忽然說我的態度不好，我懶得回應，只想趕快去學校，您把我拉住說「學校如果把妳教成這樣，也可以不用去上學了！」您就是不讓我走，拉拉扯扯中，還咬了我。那天考完試，是我第一次離家出走，在外面遊蕩了幾天後，被您抓回來。回家後我大膽地開口，說我沒有辦法跟您住在一起了，我要回臺灣找婆婆。對不起媽媽，您當時聽了一定心碎了吧？您並不想讓我回臺灣，您說有一對住在芝加哥郊區的夫妻朋友，他們都很忙，沒辦法做飯給小孩吃，需要一個會做中國菜還有幫忙打掃環境的幫傭，您說沒有辦法供應我生活費了，如果要離開您身邊，就要去當幫傭抵生活費。當時，我二話不說就答應了。

媽媽您知道嗎？雖然我們真正住在一起的時間差不多只有四年，即便沒有太多美好的回憶，但我從來沒有懷疑過您對我的愛像我懷疑爸爸，我真的只是不知道要跟您怎麼相處……在芝加哥住了幾個月後，我直接休學回到了臺灣。在臺灣工作了快一年，您不放心我，親自回來告訴我，我只是綠卡的身分，如果待在國外超過一年，綠卡就會失效，要我自己衡量輕重。我回到美國後，跟您和帶了一個與我同年齡孩子的繼父住在一起，您跟他吵架的時候，我第一次聽到您也會用很強烈的字眼罵您的先生像罵我們一樣，他的小孩會維護他的爸爸，而我卻不知道要怎麼維護您，媽媽對不起，說實話，我當時真的覺得好丟臉。

跟姊姊住在一起後，我開始交男朋友，有一次吵架，我發現自己也會用很強烈的字眼來罵我的男友，我嚇到了！雖然我想停止，但卻越罵越惡劣，罵完後，其實我比誰都痛苦。媽媽，我明白了——您是克制不了自己——在罵人的過程中您是不是也會把事情越想越負面？是這樣嗎？之後逢年過節跟您吃飯，您一定滿心期待，但沒有一次氣氛是好的，因為您還是會用很強烈的字眼來罵我，媽媽對不起，也許當時在我的潛意識裡就已經知道，我絕對不能變得跟您一樣。在您完全不知情下，我進了演藝圈，不管我拍第一部電影還是《懷玉公主》，您都因為擔心特地飛回來看我。現在回想起來，其實您一直為我們付出很多……但是媽媽，對不起，那時候的我已經開始抗拒見到您，我寧願您什麼都不要做，我只希望每一次的見面，我可以不要那麼的小心翼翼……

二〇〇二年，我在《小燕有約》的節目上說出您結過五次婚，我們因為這件事情斷絕母女關係。媽媽，對不起，現在的我其實都懂了，您當時才剛開始一段婚姻，對方完全不知道您的過去，我卻在節目上把它挖出來，即便我在長途電話裡哭到泣不成聲，一直向您解釋我不是故意的，錄影時小燕姊問到我的母親，我沒經過大腦就說了出來，您從來都不聽我解釋，您硬要說我是故意的，然後罵我越罵越惡劣，結果這一吵就是五年沒有聯絡。在那五年裡，我怎麼可能不想您？尤其在接觸身心靈後，在一點一滴認識自己後，我好像也慢慢地認識您，我想幫助您，可是事情往往跟我想像的不一樣，就像每一次要見您之前，我都會祈禱我們的相處是融洽的，但撒旦還是會來搗亂。

二〇〇八年我們在美國和好，您還記得嗎？一見面您就把我叫到房間，拿了一顆珍藏的鑽石給我，我怎麼會不知道您好愛好愛我呢？同一年的母親節，您回來臺灣，我鼓起勇氣邀請您住我家，帶您去礁溪泡溫泉，我告訴自己無論如何都不能跟您頂嘴，不管您做什麼都要忍耐。那幾個禮拜雖然沒有爭吵，但您也從來沒有對我說一句好話。到底是為什麼呢？您回到美國後，不知道是不是姊姊傳話有誤，她是這樣跟我說的，「媽媽說『妳改變了不少』，她沒事就會拿話戳戳妳，看看妳的反應」。我聽了姊姊的話後並沒有生氣，我只是覺得您很無聊，我反而是氣姊姊不應該把話傳給我。媽媽，其實在您走後的頭兩年，我想到您的面容還是會害怕的，可是我就是有一種感覺——您常常會來這個家裡看我，從否定我、不信任我、不放心我，到現在，您變成一張慈祥的面容。我終於敢搜尋您的新聞，也敢在臉書上PO出您的照片，這些轉變，是不是因為您終於對我放下心了？

媽媽，您有沒有想過，其實我根本不像您，您大膽，凡事有計劃，您早就跟鄰居要了電話號碼，您也去過學校給老師送禮，請他們照顧我。您跟得上時代的潮流，您敢嘗試所有的醫美，臉書也是您比我先使用的。面對愛情，不管您受過多少次的傷，您都還是敢一次一次去愛，一次一次地嫁……我永遠跟不上您的腳步，也永遠猜不透您的想法，而我其實比較像爸爸，像爸爸一樣的膽小。用「命運捉弄」這四個字來形容我們母女倆再貼切也不過，您當時在寫花系列的時候，就一直說服我回臺灣演戲，而這次寫書，我翻抽屜想找回收紙寫字，忽然發現一個信封，裡面是您臨走前交待姊姊交給我，一疊寫到一半的劇本，您希望我把它完成。

七〇年代的您，思想就那麼前衛，卻因為我上節目說出您結過五次婚的事，再也不跟我聯絡。媽媽，其實您一直不敢面對您自己，您一直無法忍受任何人對您的評論，所以您不斷地試探我的忍耐力，您希望複製堅強到我的身上，是這樣嗎？而我不想被您複製，卻冥冥之中一直在走您想我走的路。前兩天跟您的好友曼娜姊通電話，才知道當年您是有多麼期待母親節要來跟我住，可惜當我知道這一切時已經太晚……媽媽，以前我只覺得心疼您，卻從來都沒有想過在您走後越久會越來越想您。

沒關係，媽媽，也許我無法拿一座金鐘獎送給您，但是我要出書了，我買了稿紙，邊寫才懂得您當年說您每天都在「爬格子」的意思。我要把這本書送給您——您不願意承認的，由我來承認——我會努力過好我人生中剩下來的每一天，謝謝您為我做的一切，謝謝您當初即使懷著孕、在面對婚姻的困境時，沒有選擇把我拿掉，謝謝您是我的媽媽，謝謝您複製堅強到我身上，讓我勇敢地面對了我自己。

# 開始愛

## 走得跌跌撞撞，受過傷的路上，花都開了

作者　鄭家榆
書腰作者照片提供　凱渥經紀

榮譽發行人　黃鎮隆
執行長　陳君平
協理　洪琇菁
總編輯　周于殷
編輯協力　Ting
美術總監　沙雲佩
封面設計　陳碧雲
內頁排版　劉淳涔
公關宣傳　楊玉如、洪國瑋、施語宸
國際版權　黃令歡、梁名儀

出版　城邦文化事業股份有限公司　尖端出版
臺北市民生東路二段141號10樓
電話：(02)2500-7600　傳真：(02)2500-1971
讀者服務信箱：spp_books@mail2.spp.com.tw
發行　英屬蓋曼群島商家庭傳媒股份有限公司
城邦分公司　尖端出版行銷業務部
臺北市民生東路二段141號10樓
電話：(02)2500-7600(代表號)　傳真：(02)2500-1979
劃撥專線：(03)312-4212
劃撥戶名：英屬蓋曼群島商家庭傳媒(股)公司城邦分公司
劃撥帳號：50003021
※劃撥金額未滿500元，請加付掛號郵資50元
法律顧問　王子文律師 元禾法律事務所 臺北市羅斯福路三段37號15樓

臺灣地區總經銷　中彰投以北(含宜花東)　楨彥有限公司
電話：(02)8919-3369　傳真：(02)8914-5524
地址：新北市新店區寶興路45巷6弄7號5樓
物流中心：新北市新店區寶興路45巷6弄12號1樓
雲嘉以南　威信圖書有限公司
(嘉義公司)電話：0800-028-028　傳真：(05)233-3863
(高雄公司)電話：0800-028-028　傳真：(07)373-0087

馬新地區經銷　城邦(馬新)出版集團　Cite(M) Sdn.Bhd.(458372U)
電話：(603)9057-8822　傳真：(603)9057-6622

香港地區總經銷　城邦(香港)出版集團　Cite(H.K.)Publishing Group Limited
電話：2508-6231　傳真：2578-9337
E-mail：hkcite@biznetvigator.com

版次　2022年3月初版　Printed in Taiwan
ISBN　978-626-316-484-0

國家圖書館出版品預行編目(CIP)資料

開始愛：走得跌跌撞撞,受過傷的路上,花都開了/鄭家榆作. -- 1版. -- 臺北市：城邦文化事業股份有限公司尖端出版：英屬蓋曼群島商家庭傳媒股份有限公司城邦分公司尖端出版行銷業務部發行, 2022.03
面；　公分
ISBN 978-626-316-484-0(平裝)

863.55　110022291